ALAIN
prepos sur le bonheur

[法]阿兰 著　　施康强 译

阿兰说幸福

中国青年出版社

出版说明

《阿兰说幸福》原名《幸福散论》，作者阿兰(1868-1951)，原名埃米尔·沙吉埃，法国当代知名的哲学家、美学家和随笔家。严格说，这是阿兰的一本散文集，出版于一战之后的疗愈书。

再次编辑出版此书有两个原因，一是阿兰的哲学随笔被他的学生、法国著名作家莫洛亚奉为"世界上最美的书之一，堪与蒙田的《随笔》媲美"；二是用今天的视角再次阅读此书，仍然很有启迪，普通人并非不能思考哲学，哲学之于生活也未必那么遥远。虽然在今天看来，在阿兰的乐观幸福哲学中，有些判断会有失偏颇，但作为心理疗愈师的阿兰，只言片语的点拨，恰好作用于伦常日用之间。阿兰的每一篇随笔都短小精巧，并无教条的哲学术语，我们只需要平心静气，放下自己的"执念"，从那些朴素的言辞中感受其趣味和机锋。

译者前言

换一种分类法,如果不以"唯物"和"唯心"划界线,一般说有两种哲学家。一种哲学家构造体系,如黑格尔,把宇宙间一切事物、一切变化都纳入他们的体系之中。另一种哲学家没有那么大的野心,他们认为哲学无非是一种普遍适用的智慧,教导人们怎样用清明的理智控制情绪冲动、杂乱的感觉活动和有害无益的想象力作用。苏格拉底是后一派的代表,本书作者阿兰也属于这一派。

阿兰(1868—1951)原名爱弥尔·沙吉埃,曾在法国外省和巴黎有名的亨利第四中学教哲学,达四十年(1892—1933),并先后在《卢昂快报》和《自由言论》上逐日发表随笔。这些随笔分类结集出版,这本书即是其中一部。他的学生,后来成为第一流传记作家的莫洛亚认为这些短文作为整体是世界上最美的书之一,堪与蒙田的《随笔》媲美。

世人无不追求幸福。庸人以权力、财富、物质享受为幸福；智者以献身，以实现理想为幸福。前一种人品格太低，而且权力、财富和物质享受更多取决于外部条件，而不是个人的努力；后一种境界太高，一般人私心未尽，难以企及。哲学家既为普通人说法，他提出的幸福应该是人人有份的。古希腊哲人伊壁鸠鲁有句名言："肉体的健康和灵魂的平静乃是幸福生活的目的。"肉体的健康有赖经常锻炼和注意卫生，此处不具论。保持灵魂的平静则需要做精神体操，讲究心理卫生。

《幸福散论》凡九十余篇随笔，长不过两千字，短的仅数百字，从不同角度讲这个道理。虽然不成体系，但是从中还是可以归纳出一些主导思想。首先，人生的烦恼，七情六欲，多半是自造的。既是自造，便有可能自灭。作者接受笛卡儿的说法，认为人的情绪冲动既然表现为相应的形体动作和生理反应，我们若用理智控制形体动作——如果说我们不能控制生理反应——也就达到了克服情绪冲动的目的。其次，有些烦恼，例如后悔和对不可知的未来的恐惧，纯属想象力的作用，皆为虚妄；想通了这个道理，烦恼不攻自破。再次，一个人无所事事时想象力特别活跃，如果我们总在追求、逼近某一切实的目标，我们就不会把精力消耗在无谓的想象上。

所以，这里讲的都是实用哲学。每个人只要愿意，稍加训练都能身体力行，用不着宗教上的"悟性"，也不要求多高的理想。作者这些短文写于20世纪前二十五年，当时汽车没有普及，欧洲各大都邑的街头还是马车的天下。作者就近取譬，他的"参照体系"今天有点过时了。有些议论未免失之偏颇；又有些议论，如关于战争的，尽管他曾在第一次世界大战期间志愿入伍当炮兵，亲历战火，今天我们读来，或许感到迂腐，置之一笑可矣。但是只要人还是人，本书讨论的根本问题是不会过时的。有的书永远成不了畅销书，但每隔若干年必定再版一次，因为它们在每一代人里都有新的读者。阿兰这本书属于这一类。这个中译本，也是第四版了。足见此书在中国亦有不断更新的读者群。

施康强
2018年再次重订

献词

致莫尔·郎百林夫人

我喜欢这个集子①。我觉得它在学理上无可指责,虽然问题被分解成零碎小块。事实上,幸福正是由零碎小块组成的。每个情绪波动都源自一个短暂的心理事件;但是我们将它延伸,我们赋予它神谕的意义;于是这一连串情绪活动就造成不幸,我说的是那些没有严重的不幸原因的人,因为他们的不幸纯属咎由自取。关于真正的不幸,我只字未提;不过我相信,人们由于自身的情绪加重了不幸。您该记得加斯东·马莱伯在莫莱县长任上说的一句话。他跟我说:"疯子都是内心凶恶的。"我有许多次机会念叨这句话。我相信疯狂始于对一切,甚至对不相干的东西也怀有怒意;这是一种戏剧化的情绪,精心设计,装得很像,但是总因表达过分而超越了初衷。需

---

① 天牛星座丛刊的初版本,收六十篇言论。

要把不幸传达给别人,这就是凶恶;而别人的幸福之所以令此类人愠怒,那是因为他们认为别人愚蠢、盲目。在疯子身上有一种新皈依者的传教热情,首先是他们执意不愿治愈。我们只要想到疯子即便交了好运也不会霍然而愈,就能明白这个道理。疯子只是把我们大家的情况放大了而已。怒火是可怕的,如果你朝火上吹气;也是可笑的,如果你看着它慢慢熄灭。幸福亦同此理,它取决于小事情,虽然它也取决于大事情。如果我写了一部《论幸福》,我会说出、解释这个道理。不过与之大相径庭的,是我们(首先是您)选择了写作一些在某个方面与幸福有关的"言论"。我认为此一做法并非没有风险;因为读者不考虑作者本来的想法。不管序言怎么说,读者总在期待一部理论著作。也许我命中注定要写几部类似《美术体系》的大书。说了这番闲话,目的是把这册漂亮的书献给您。这个集子首先体现的是您的自由选择。

阿兰

1925 年 5 月 1 日

目录

CONTENTS

出版说明　001
译者前言　002
献词　　　005

1. 亚历山大的宝马　001
2. 发怒　　　　　　004
3. 忧郁的玛丽　　　007
4. 神经衰弱　　　　010
5. 忧郁　　　　　　013
6. 论情绪　　　　　016
7. 神谕的终结　　　019
8. 关于想象　　　　022
9. 想象的病痛　　　025
10. 阿尔冈　　　　　028
11. 医学　　　　　　031
12. 微笑　　　　　　034
13. 事故　　　　　　037

没有任何外力可以剥夺一个内心强大者的快乐。

> 一个人之所以失去耐心甚而发脾气,有时候是因为他站得太久了。你不要跟他讲道理,应该请他坐下来。

040	14.惨剧
043	15.关于死亡
046	16.姿态
049	17.体操
052	18.祈祷
055	19.打呵欠的艺术
058	20.坏脾气
061	21.关于性格
064	22.宿命
067	23.预见未来的灵魂
070	24.我们的未来
073	25.预言
076	26.海格立斯
079	27.意志
082	28.人各遂其愿
085	29.关于命运
089	30.不绝望
092	31.在大草地上

32.人际关系	095
33.家庭里	098
34.关心	100
35.家庭的和平	102
36.关于私生活	105
37.夫妇	109
38.烦闷	112
39.速度	115
40.希望	118
41.行动	121
42.第欧根尼	124
43.自私者	128
44.国王活腻烦了	131
45.亚里士多德	134
46.幸福的农人	137
47.劳作	140

如果我们愿意原谅别人,原谅自己往往是先决条件。相反,如果我们一味后悔,我们往往相形中放大了别人的错误。

48.事业	143
49.向远处看	146
50.旅行	149
51.慷慨陈词	151
52.叹恨诉苦	154
53.情绪的说服力	157
54.关于绝望	160
55.关于怜悯	163
56.别人的痛苦	165
57.安慰	168
58.纪念死者	171
59.胡来	174
60.雨下	177
61.头脑发热	180
62.爱比克泰德	183

任何行动取得真正进步的标志是人们懂得从中得到乐趣。

> 习惯是一种偶像,它的力量来自我们对它的服从。我们以为自己不能克服习惯,是因为我们的思想欺骗了我们。

186	63.斯多噶哲学
189	64.认识你自己
192	65.乐观主义
195	66.解开结扣
198	67.耐心
200	68.善意
203	69.辱骂
206	70.好兴致
209	71.好脾气疗法
211	72.精神卫生
214	73.母乳礼赞
217	74.友情
219	75.犹豫不决
222	76.仪注
225	77.新年好
228	78.祝愿
231	79.礼貌

234	80.处世的艺术
237	81.让人高兴
240	82.作为医生的柏拉图
243	83.健身术
246	84.胜利
249	85.诗人
252	86.幸福是美德
255	87.幸福是慷慨的
258	88.幸福的艺术
261	89.幸福是义务
264	90.起誓做幸福的人

> 有血性不是什么坏事,但是最终在地球上取得胜利的不是动辄发怒的动物,而是有理智的、把激情用在合适时机的人

1

亚历山大的宝马①

遇到小孩哭闹,说什么也不肯平息下来的时候,保姆往往会对这个孩子的性格、他喜欢什么、不喜欢什么,做诸般猜测。她会追溯遗传因素,认为孩子身上已经体现了父亲的秉性,直到保姆发现这一切的真正原因是一枚别针刺痛了他,这些心理学上的探索才算告终。

有名的烈马布赛法勒被牵到青年亚历山大面前时,没有一名骑手能骑上去不摔下来。凡夫俗子见此情形会说:"这匹马野性难驯。"然而亚历山大却去寻找"别针",而且很快就找到了。他发现布赛法勒极其害怕自己的影子。由于马一受惊,它的影子

---

① 原题《布赛法勒》。布赛法勒(希腊文"布坎法拉斯",意为"长着牛首")是征服欧亚的马其顿国王亚历山大(公元前356—前323)心爱的坐骑。

便跟着跳动，事情就益发不可收拾。亚历山大于是把马的鼻子转向太阳，稳住马身不动，这样他便使马安下心来，并感到疲劳。亚里士多德的这位高足①已经知道，在未能找到情绪②的真正原因之前，我们对情绪不能施加任何影响。

许多人振振有词地批驳过无谓的恐惧，但是心怀恐惧的人听不进道理，他只倾听自己的心跳和血液的波动。学究推论：人们之所以害怕，是因为遇到危险，感情冲动的人因为害怕，便推想发生了什么危险。两者都想找出合理的解释，但是都弄错了。不过学究加倍地错了，因为他既不知道真正的原因，也不理解对方的错误所在。人一害怕就会想象某种危险，以便解释这一实际存在的、明显的恐惧。最小的意外事件，即便它不带来任何危险，也会使人害怕，比如从近处传来的铃声，或者出乎意外地遇到某个人。马赛纳③被放在幽暗的楼梯角落里的一座雕像吓破了胆，不由得拔腿狂奔。

---

① 古希腊大哲学家亚里士多德(公元前384—前322)做过亚历山大的教师。
② 本书作者沿用这个古典哲学术语(Passions)泛指一切激动情绪和情感状态，如恐惧、气愤、爱、恨。该词源自希腊文Pathos，或译作"情志"，周作人曾译作"烦恼"，其意义可相互印证。作者服膺的法国哲学家笛卡儿著有《心灵的情绪》(1649)，或称《情绪论》。笛卡儿是二元论者，他认为人是心灵和肉体两者结合而成的混合体，心灵和肉体分别独立存在，人死后两者就完全分离。情绪是肉体作用下心灵所处的状态。参见本书第6篇《论情绪》。
③ 马赛纳(1758—1817)，法国元帅，拿破仑称他是"胜利之子"。

一个人之所以失去耐心甚而发脾气,有时候是因为他站得太久了。你不要跟他讲道理,应该请他坐下来。塔列朗①说过,风度决定一切。其实这句话的含意比他赋予的还要丰富。为了不让人家感到不舒服,他老在寻找"别针",而且总会找出来的。今日外交家们的衣服里都有一枚"别针"放得不是地方,欧洲局势复杂的原因正在于此。大家知道,一个小孩哭闹,别的孩子会跟着哭闹,更糟的是一旦哭闹开了头,孩子们便会一个劲儿哭闹下去。保姆自有办法对付,这是她的职业教会她的。她让孩子俯卧。这个动作立即引起别的动作,局面顿时改观。这种说服方法陈义不高,务求实效。我认为1914年的灾难的起因在于大人物统统受到惊吓。人一害怕,很容易发怒,而怒火之后紧跟着亢奋。一个正在休假的人被突然召回来不会有好心情,就像一个突然被叫醒的人没有好气一样。但是千万别说人性本恶,千万别说他们生性如此这般。应该去找"别针"!

1922 年 12 月 8 日

---

① 塔列朗(1754—1838),法国外交家。

2 发怒

人若喝呛了，身体内部便会发生骚动，好像大祸临头，每块肌肉都自顾自地用力，心跳也加快，犹如痉挛发作。这是无法可想的。难道我们可以不追随、不忍受所有这些反应？哲学家会说，这是因为此人缺乏经验。但是如果一位体操教师或击剑教师的学生对他说，"我身不由己，不知怎么的就全身紧张，各块肌肉同时使劲"，这位教师必定会嗤之以鼻。我认识一位严厉的击剑教师，如果你的动作不合要求，他在得到你的允许以后，便用剑狠狠地抽打你，以便教会你用理智控制自己。大家都知道下列事实：肌肉像驯服的狗一样自然而然地听从思想的支配。我想伸直胳膊，它马上就伸出去了。我刚才提到的那种痉挛或反抗的主要原因，正在于人们不知道应该怎样做。试以呛水为例，在这种情况下应该做的,是使全身保持松弛,尤其注意不要用力吸气——这样只会加剧紊乱——相反应该尽力把误入歧途的那一小部分液体赶出去。换句话说,应该驱走恐惧心理。恐惧在这一场合和其他场合一样,有害无益。

对于感冒引起的咳嗽,也可以如法克制,不过很少有人这样做。大部分人咳嗽像挠痒一样,越咳越凶,受害的则是他们自己。他们因而浑身无力,嗓子发炎。医生让他们服药,而我以为药片的主要作用是让病人做吞咽动作。吞咽是一种强烈的反应,比咳嗽更难控制,更不受意志的摆布。吞咽引起的痉挛使我们不可能再因咳嗽而发生另一种抽搐。这里采用的还是让婴儿翻个身的老办法。不过我相信,如果人们刚想咳嗽就刻意控制,那么连药片都可以不吃。如果人们不去东想西想,在咳嗽初起时安之若素,不为所动,那么初起的炎症很快就会消退。

"发炎"这个词引人深思。在我们体现智慧的语言里,它同时也用来称呼最猛烈的情绪——发怒[①]。我看不出一个怒不可遏的人与一个咳嗽不已的人之间有多大差别。同样的道理,恐惧本是身体感到的忧虑,但是并非人人都知道借助体操驱除这一忧虑。发怒和害怕一样,错误在于听凭情绪驱使思想,并且怀

[①] 法语"发炎"和"发怒"是同一个词:irritation。

着一种不可阻挡的热情投身其中。总而言之,我们因感情用事而加剧病情,没有学会真正的体操的人难逃这一结局。而如希腊人理解的那种真正的体操,就是用真正的理智控制身体的运动。当然不是控制全部运动。要求做到的只是不因发怒冒火而妨碍自然的反应。我以为这正是我们应该教给孩子们的。最美的雕像,真正值得人们崇拜的对象,可以为孩子们提供范例。

1912 年 12 月 5 日

3

忧郁的玛丽

探讨循环性精神病,特别是一位心理学教授幸运地在他的诊所里发现的病例,即那位"忽而忧郁忽而高兴的玛丽",该是有益的。这个故事已被人遗忘,但值得记载下来。

这一周她兴高采烈,下一周愁眉不展。她高兴的时候,觉得一切都称心,不论下雨天或晴天她同样喜欢。对她稍微表示友好就会使她欣喜若狂。如果她想起一段情史,就会说:"这对我是多好的机会!"她从不烦闷。她的每一个念头都带着令人高兴的色彩,像美丽的、长势良好的鲜花,无不讨人喜欢。朋友们,我希望你们有和她同样的心情。因为智者说得好,如同任何水罐都有两个罐子把儿一样,任何事物都有两个方面,它可以是令人沮丧的,也可以是令人鼓舞、欣慰的,只要你愿意。人们为使自己幸福而做的努力绝不会白费。

　　一星期以后,玛丽的心情大变。她老是无精打采,对什么都不感兴趣,任何东西遇上她的目光就失去光泽。她不再相信幸福,也不相信温情。她以为谁也没有爱过她,而且人家不爱她是对的。她认为自己愚蠢、招人厌。她越往坏处想,就越使事态严重化,这一点她自己也知道。她把自己凌迟处死。她说:"你想让我相信你在关心我,但是你这一套戏法骗不了我。"你若称赞她,她却认为你在嘲弄她。你为她做件好事,她则以为你存心羞辱她。有什么事不让她知道,她便以为人们在暗中算计她。这些想象出来的疾病无可救药,因为不幸的人遇上最美满的事物也无动于衷。一般人不知道幸福需要意志的支撑。

　　这位心理学教授还要引出一个更加严厉的教训。这个发现对于勇敢者将是更可怕的考验。他对感情短促的周期性变化做了大量观察和测定,包括计算每立方厘米血液中的血球数量,从而发现一条明显的规律:每一兴奋阶段的末期,血球数量减少;临到忧郁阶段末期,血球重新增多。原来血球的多寡是情绪波动的原因。于是医生可以这样回答玛丽感情激烈的言辞:"少安毋躁,明天你就会感到自己是幸福的。"但是玛丽不理会这一套。

　　我有一位朋友自以为生性忧郁,他明白这个道理后对我说:"这下清楚了,我们对自己的情绪毫无办法。我不能通过思考增加血球的数量,因此任何哲学都是白费心机。这个伟大的世界根据自身的规律像寒暑更迭和晴雨交替一样,给我们带来欢乐和忧郁。我向往幸福和我有心散步一样,只是一种主观愿望。这个山谷要下雨不由我做主,我的心情忧郁同样也由不得我。我承受自己的忧郁,我也知道我在承受。这也算一种安慰吧!"

事情没有那么简单。显然,当一个人反复思量严厉的评判、不祥的预言和沉溺于悲惨的回忆时,他在为自己展示自己的忧郁,不妨说他在品味忧郁。然而,如果我知道是血球在捣鬼,我会对这些想法感到好笑。我把忧郁赶回身体内部,在体内它不过是疲劳的感觉或疾病,不再有附加的装饰。胃痛比背叛更容易忍受,与其说世上缺少真正的朋友,我们还不如说自身的血球数目减少了。感情用事的人既不听从理智,也拒绝服用溴剂。我介绍的方法兼收两种疗法之长,岂非绝妙?

1913 年 8 月 18 日

神经衰弱

近日雨雪交加,男男女女的脾气也跟天气一样多变。我的一位很有学问、相当通情达理的朋友昨天对我说:"我对自己很不满意。只要我没有事情做或者不玩桥牌,我脑袋里就想着成百上千件琐事,使我忽而忧郁,忽而高兴,瞬息之间情绪变化万端,比鸽子胸部羽毛色泽的变换还快。这些琐事,诸如有一封信待写,一辆电车没有赶上,或者一件大衣穿在身上太重,好像实实在在的不幸一样变得极其重要。我徒然开导自己,说服自己不应该看重这些小事。我找出的理由像打湿的鼓响不起来一样,对我不起作用。总而言之,我觉得自己有点神经衰弱。"

我对他说,别去找大字眼,还是试着理解这到底是怎么一回事吧!你的情况和一般人没有两样,只不过你不幸秉性聪明,想自己想得太多,总想弄明白为什么你一会儿忧郁,一会儿高兴。因为用你知道的理由不能解释你的忧郁和高兴,你就对自己发火。

实际上,人们自己认为幸福或不幸福的理由都无关紧要,一切取决于我们的身体及其功能。就是体格最强壮的人,他的情绪也免不了每天发生多次变化,从亢奋到消沉,又从消沉到亢奋。他吃的饭、走的路、付出的注意力、读的书以至当天的天气统统给他影响。你的心情就像波涛上的船只一样随之起落。

通常情况下,人的心情呈现为不同调子的灰色。人忙着做事的时候,没有工夫想到自己的心情,但是人一有工夫去想它,使劲想着它,就会想出各种细小的理由。你以为它们是原因,其实它们只是结果。

一个聪明人如果是忧郁的,总会找出足够的使自己忧郁的原因;如果他是快乐的,也会找到足够的使自己快乐的原因。往往同一个原因既能使人忧郁,也能使人快乐。巴斯卡[①]身体有病,满天星斗的夜空使他恐惧。他在瞻望星空时感到的神圣的战栗,起因可能是他待在窗口时不知不觉着了凉。一位身强力壮的诗人会把星星当作女友一样聊天。关于星空,巴斯卡和那

[①] 巴斯卡(1623—1662),法国哲学家。

位诗人都发挥了很美的见解。美则美矣,无奈不着正题。

斯宾诺莎①说,人不可能不受情绪捉弄,但是令人幸福的想法在智者灵魂里占据那么大的地盘时,他的情绪相形之下就微不足道了。我们不必追随斯宾诺莎在崎岖的小道上探索,但是我们可以效法他的榜样,有意为自己创造大量的幸福,诸如音乐、绘画、交谈,与此相比我们的忧郁情绪就不足挂齿了。社交家需要履行那些琐碎的义务,因而忘了自己的肝痛,而我们从事的职业远比社交活动正经、有益,我们还有书籍和朋友。如果从这一切中,我们不能取得比社交家更好的收益,那么我们应该脸红了。但是人们可能普遍犯下后果严重的错误:不把对有价值的东西发生兴趣当作一条规则来实行。我们的幸福依赖这些有价值的东西。我们肯定渴望幸福,但是使自己愿意得到自己渴望的东西,有时却是一门艺术。

1908 年 2 月 22 日

---

① 斯宾诺莎(1632—1677),荷兰哲学家。

5

忧郁

不久以前,我见到一位患肾结石的朋友,他的心情很忧郁。大家知道这种病会使人变得很忧郁,我向他指出了这一点,他表示同意。于是我做结论说:"既然你知道这种病使人忧郁,你就不必奇怪自己情绪低落,更不应该因此发脾气。"这番道理使他开怀大笑,这个收获已经不小了。虽然我这种说法有点可笑,但是我确实讲出了一个重要的事实,而那些遭遇不幸的人却很少想到这一事实。

深沉的忧郁必定起因于身体的某种病态,而一种忧伤只要不是疾病,总会留给我们片刻平静,虽然我们不太相信这一点。如果不是疲劳或者藏在某处的结石使我们老往严重方面去想,我们想到某一不幸时与其说会感到伤心,不如说会感到惊讶。

大部分人否认这一点,他们坚信,正是想到不幸才使他们在不幸中感到痛苦。我得承认,一个不幸的人很难不认为某些形象好像长着利爪或者带着刺一样伤害人。

不过且让我们观察一下所谓的忧郁病患者吧!我们会看到,无论什么想法都会使他们找到忧郁的理由。你可怜他们吧,他们觉得受到了屈辱,益发不幸。你不可怜他们吧,他们又说自己没有朋友,无依无靠。他们转了这么多念头,无非是为了把自己的注意力引回疾病带给他们的那个不愉快状态。当他们找出理由来跟自己过不去,被自认为的不幸理由完全压垮的时候,实际上他们所做的正像老饕品尝美味一样捉摸着忧郁的滋味。忧郁病患者把悲伤的形象放大了给我们看。显然,在他们身上忧郁成了疾病,这对我们大家应该也是适用的。我们努力思索精神痛苦的原因,痛苦反而加剧,我们的推理起的作用不过是触及痛处。

我们可以摆脱这种能使情绪激化的疯狂劲头,只消对自己说,忧郁仅仅是疾病而已,人们应该像忍受疾病一样忍受忧郁,不必过于推理,去寻找那么多理由。这样一来,我们就会不再满口怨言,而把忧伤当作腹痛一般看待,于是我们达到一种无声的忧郁,进入某种类似失去意识的麻木状态。我们就会不再怨天尤人,而是默默地忍受。其实与此同时我们得到休息,而这正是与忧郁做斗争的正确方法。祈祷追求相同的目的,想出这个办法确实很妙。面对无边无际的对象,面对这个无所不知、掂量过一切的智慧,面对这一不可理解的威严,这不容揣测的正义,虔诚的信徒放弃了任何思想活动。凡是诚心诚意的祈祷没有不立即产生许多效果的:浇灭怒火,这已是不小的收获。不过我们如果通情达理,也可以给自己服用这剂想象的鸦片,省得逐一列举我们的不幸。

1911 年 2 月 6 日

6
论情绪

人们比较容易忍受疾病,却难以忍受情绪。原因可能在于我们觉得自身的情绪完全起因于我们的性格和想法,但同时带有不可抗拒的必然性的标记。当我们因肌肤受伤而痛苦时,我们认为这是一种外部的必然性,除了这一痛苦,我们身上一切都是好端端的。当我们眼前有一物体因其形状、声音或气味引起我们强烈的恐惧或欲望时,我们还可以指责这一物体,躲避它,从而恢复内心的平衡。但是对于情绪我们却无计可施,因为当我爱或恨的时候,爱或恨的对象不一定非要在我眼前不可。我想象它,我们内心活动像在作诗,使它产生变化,一切都把我引回这个对象。我的推理本属诡辩,我却觉得言之成理。突然触发的激情引起的痛苦不至于此。但是,如你曾因某事害怕,事后自己害臊，别人也借此羞辱你，你的羞耻心将转化成怒气，或者发泄为言语。不过夜深人静，当你独处一室，被迫休息时，你的耻辱在你自己眼里会变得无法忍受，因为不妨说你那时正在细细揣摩它的滋味，无法可救。你射出的一支又一支利箭纷纷落到你自己身上，你在与自己作对。一个完全受情绪支配的人确信自己没有病，眼下没有任何事情妨碍他舒舒服服生活的时候，他偏会得出这个结论："我的情绪就是我自己，我对付不了它。"

这类情绪始终伴随着后悔和恐惧，而且我以为这是理性的作用。因为人们会想："我怎么会失去自制到这个地步呢？我怎么会翻来覆去想着同一件事呢？"于是就产生了一种屈辱感。恐惧亦然，因为人们会对自己说："必定是我的思想能力中了毒，我的推理结果都对我不利。莫非有一种魔法在支配我的思想？"这里用"魔法"这个词倒也合适。我以为是情绪的力量和内心的奴役使人们想到一种神秘的权力，或相信一句话、一道目光会带来厄运。受情绪支配的人既然不承认自己有病，便以为自己命运不济。他从这个念头推导出无数想法，活活折磨自己。这种强烈的、但又是捕风捉影的痛苦，难以描述。看到自己受的罪非但永无宁日，并且与日俱增，他们最后就把死亡当作解脱。

许多人关于这个问题写过文章,斯多噶[①]学派通过精辟的推论,教会我们怎样消除恐惧,克制愤怒。但是第一个抓住问题要害的人是笛卡儿[②],他本人也引以为荣。他在《情绪论》里指出,情绪虽然纯属我们思想的一种状态,却受制于我们身体的运动。夜阑人静时有些想法会反复向我们袭来,怎么也甩不开,发生这种事情的原因在于血液的流动,在于某种液体在神经里或在脑部转悠。一般人对这种生理上的骚动毫无觉察,只看到它产生的效果,要不然就以为这一骚动是情绪引起的。其实相反,正是身体内部的活动激起情绪。我们一旦懂得这个道理,就不会去对幻梦或情绪做任何思索、判断,而情绪不过是比较有条理的幻梦罢了。我们不必责备或诅咒自己,只消认清这不过是人人都得服从的一种外部必然性。我们应该对自己说:"我心情忧郁,看什么都不顺眼,这与发生的事情毫不相干,与我的思考也没有关系,是我的身体要求思考。这不过是胃在发表意见,大脑不负责任。"

1911 年 5 月 9 日

---

① 古希腊哲学家芝诺创立的学派,提倡容忍、艰苦、淡泊与禁欲主义。
② 笛卡儿(1596—1650),法国哲学家。

7
神谕的终结

我想起一个会看手相的炮手。他入伍前本是樵夫,长期在荒山野地生活使他学会对自然现象立即做出解释。我猜想他当初效法某个巫师,才开始观察手心的纹路。他从手纹看出别人的思想,就像我们从目光、从脸部的皱褶猜测别人的心思一样。在白橡树林里的烛光下,他找回来他的神庙,恢复他的庄严,对在场每个人的性格发表一些往往正确、始终很有分寸的见解。他也预言每个人近期和远期的吉凶,听的人却笑不出声来。我后来有机会发现,他的某项预言被证实了。我的回忆可能对事情的原貌做了点加工,因为我很高兴发现事态的发展符合预言。想象力的加工作用再一次提醒我务以谨慎为念,证明我一贯谨慎是对的,因为我没有向这个炮手或别的任何人出示我的手纹。怀疑精神的全部力量在于人们丝毫无意祈求神谕。人们一旦祈求神谕,必定多少有点相信。所以神谕的终结标志着基督教革命的成功,是历史上一件大事。

古代那些有名的老人,泰雷斯①、比亚斯②、德莫克里特③等人,他们在开始脱发的年龄,想必血压偏高,但是自己并没有察觉。这对他们大有好处。

台巴依德④的孤独者们占的便宜更大,正因为他们不害怕死亡而是希望死去,他们反倒长寿。如果从生理学角度去仔细研究不安和害怕心理,我们会发现,这两种心理也是疾病。它们与其他疾病凑在一起,足以加剧其他疾病,所以一个人若知道自己有病,或者根据医嘱预先知道自己有病,他的病情必定已经加倍了。我知道害怕心理促使我们控制饮食并且服药以便治疗疾病,但是哪种膳食,哪种药物能使我们不再害怕呢?

我们在高山顶上感到的眩晕是一种真正的病态,它的病因是我们想象一个人从高处坠落,正在做绝望的挣扎。这个病纯属想象的产物。同样的道理,应试者会突然感到腹痛。害怕答错

---

① 古希腊哲学家,"七贤"之一。
② 古希腊哲学家,"七贤"之一。
③ 古希腊哲学家。
④ 上埃及南部地区的古称。早期基督教徒为躲避迫害在此地隐居,过禁欲生活。

题与蓖麻油一样对我们的身体起着强烈的作用。根据这个例子,你可以估量一种持续的害怕心理会产生什么效果。

应该认识到,由害怕引起的心理活动必定会加剧不适。一个人越是担心睡不着觉就越不容易入睡,越担心胃纳不佳就越难消食。与其想象自己有病,不如想象自己身体健康。这种精神体操的细节虽然还没有被认识,但是我们可以打赌说,根据健康的外在标志就是有利于健康的运动这一定理,礼貌和善意的举止一定与健康有关。坏医生使人们相信自己有病,人们反而因此喜欢他们。相反,好医生照例问你"身体好吗?"但不听信你的回答。

1922 年 3 月 5 日

8
关于想象

假如遇到一个小小的事故,需要医生在你脸部缝几针。医生的器械包括一小杯朗姆酒,万一你害怕手术,可以喝下去壮壮胆。实际上往往不是患者本人,而是陪同他、在一旁观看手术的友人喝下了这杯酒。后者于不知不觉中变得脸色煞白,差点没晕过去。这件事说明,与道德家的说法相反,我们并没有足够的勇气去承受别人的痛苦①。

这个例子值得研究,因为它让我们看到有一种怜悯心与判断力毫无关系。看到流血,看到皮肤在对抗针钩的穿刺,我们顿

---

① 法国道德家拉罗斯福戈(1613—1680)有一句名言:"人们总有足够的勇气去承受别人的痛苦。"

时感到一种不可名状的恐惧,好像是我们在制止自身血液的流失,在绷紧自身的皮肤。思想无力克服这一由想象产生的效果,因为想象在这里用不着思想。道理很浅显,谁都明白:医生缝合的不是旁观者的皮肤。但是这一推理丝毫不起作用,倒是朗姆酒更具说服力。

这个实例使我们明白,我们的同类仅仅由于他们在场,由于他们暴露了激动和情绪,也会对我们产生巨大的影响。我还来不及对看到的东西加以思考,就已经感到怜悯、恐惧、愤怒,眼泪也流出来了。旁观者看到血肉模糊的伤口顿时脸上失色,他脸部的恐怖表情又会触动他本人的旁观者的横膈膜,而那个人根本不知道他看到了什么才如此惊恐。最出色的文学描写也不如一张变色的脸更能感动我们。面部表情是直接的,马上产生效果。所以,如果我们说怜悯的起因是产生怜悯心的人想到自己,把自己放在不幸者的位置上,这并没有把事情说清楚。人们先产生怜悯心,然后才有上述想法。出于对同类的模仿,我们的肉体立即进入痛苦状态,于是我们感到一种说不出来的焦虑。这种心理活动像疾病一样袭来,人只有在自己身上找原因。

也可以用推理来解释眩晕。面临深渊的人想到自己可能掉下去;当他扶住栏杆的时候,他会对自己说他不可能掉下去,但是他仍旧从脚跟到头顶感到眩晕。想象产生的第一个效果总体现为生理反应。我听人讲过一个梦。梦中有一个刑场,立即就要行刑。做梦者不知道要处死的是他本人还是另一个人,只不过他在颅骨部位感到剧痛。这纯属想象的作用。人们以为与肉体对立的灵魂总是慷慨、敏感的,我却认为恰恰相反,灵魂很少关注自身以外的事物。活生生的肉体更美,它由于思想而痛苦,并能通过行动治愈痛苦。当然这个过程中难免骚乱,而且真正的思想需要克服的不是逻辑难题。有些思想之所以动人,正因为它们未能达到完全静谧的境界。

1923 年 2 月 20 日

9
想象的病痛

想象比刽子手更残忍,它使我们产生恐惧,但从不超过我们可以承受的限度,它让我们像美食家品味佳肴一样体验恐惧。其实灾祸不会两次袭击同一点。车祸受害者当场就被压死了,而灾祸降临的前一分钟他还跟我们这些根本想不到灾祸的人一样。一个散步者撞上汽车,被摔出去二十米,立即丧生,悲剧就此结束。它没有开始,也没有延续,是我们的思想使悲剧有一个延续过程。

比如说,我想着这桩车祸,我就不能有正确的判断。我是作为一个随时可能被压死,却永远不会被压死的人去判断车祸的。我想象这辆汽车迎面撞来,实际上,如果我看到这种事情,我必定拔腿飞跑。但是我没有逃走,因为我把自己摆在被压死的那个人的位置上,我好比用慢镜头为自己放映自己怎样被汽车压死的电影,还不时来个定格,然后继续放映。我好端端活着,却死了一千回。巴斯卡说,身体健康的人正因为他身体健康,所以特别难以忍受病痛。我们若患重病,筋疲力尽,仅能感受疾病此时此刻在我们体内造成的不适,而顾不上其他。事实的好处在于它能使我们不再去揣测各种可能性,即便这是一个极坏的事实。事实一经发生,便确凿不移,它可以为我们指出一个带着新的色彩的新的未来。身患病痛的人把自己不久前并不佳的健康状态视作无上幸福,盼望能回到那种状态,但是当初他说不定还诅咒这种状态呢!可见我们自以为不知满足,其实要求并不高。

真实的病痛来得很快,像我们法国的刽子手一样直截了当。但见刽子手割下犯人的头发,剪开他的衬衫,捆住他的胳膊,然后把他推上刑场。我觉得这个过程很长,那是因为我反复想着它,因为我试图听到剪刀的响声,感到刽子手的助手用力按住我的胳膊。而实际发生的却是后来的印象赶走前面的印象,犯人的真实感受想必是如被切成几段的蚯蚓一般战栗不已。我们认为蚯蚓因为被肢解成数段而痛苦,不过要请问,蚯蚓在哪一段感到痛苦呢?

看到一个陷入痴呆的老人或者因酒精中毒变傻的友人,我们感到难受。我们难受是因为我们要求他们既是他们现在的自己,又是他们过去的自己。但是自然完成了它的使命,幸亏它的每一步都是不可挽回的,每个新的状态使下一个状态成为可能。你在时间的一个点上看到他们的全部不幸,而对他们自己来说,他们的不幸则是散布在时间的整个流程中。一个老人不是一个因自身的衰老而痛苦的年轻人;一个正在死去的人不是一个濒临死亡的活人。

因此,只有活人感到死亡的恐怖,只有幸福的人体会不幸的沉重压力。干脆说,人们对别人的痛苦比自身的痛苦更敏感,而且绝无虚假。因此,人们对生活往往做出错误的判断,如果人们不注意,这一错误的判断就会使我们视人生如苦海。真正的学问教会我们用全副精力去想眼前的现实,而不是去演悲剧。

1910年12月12日

10

阿尔冈①

    一些琐碎的原因,比如说鞋子太紧会使我们整天心情不快。我们会对什么都不顺眼,判断能力也大打折扣。治疗方法很简单,可以像脱掉一件衣服一样去掉所有这些不幸。我们很清楚这一点,一旦了解原因所在,这些不幸马上变得无关紧要。被别针尖刺痛的婴儿大叫大闹,好像患了重病,那是因为他不知道原因,也不知道治疗方法。有时他因为叫得太久,感到不舒服,于是变本加厉地吵闹。这便是一种想象的疾病。想象的疾病与其他疾病一样有害健康。说它们是想象的,只是因为我们用自身的运动造成这些疾病,却把责任推给身外的事物。因为叫

---

① 莫里哀的喜剧《没病找病》的主人公。

闹太久而犯病的,并非只有婴儿。

人们常说坏脾气是一种疾病,无法对付,因此我首先提醒,只要我们做一个简单的动作就能消除某些痛苦和烦躁。我们知道小腿抽筋会使最坚强的人叫出声来,但是你只要把脚板平放在地上,略施小劲,腿痛马上就会痊愈。眼睛里飞进一只小飞虫或掉进一粒煤渣后,如果你用手去揉,你会有两三个小时的不适,但是你若垂手不动,目光盯住鼻尖,眼泪立即就会涌出来,冲走异物。我学会这个极简单的办法后,试过二十多次,屡试屡验。这就证明,明白事理的人不是首先去指责周围的人和物,而是留神自己。

人们有时以为在别人身上观察到某种对于不幸的偏爱,这在某一类型的疯子身上尤其明显。由此人们就猜想存在一种神秘的、受魔鬼摆布的感情,其实这是上了想象力的当。一个人搔挠皮肤谈不上有什么深刻的思想,也丝毫无意追求痛苦,他只是因为不了解不舒服的原因,从而一个劲地骚动,烦躁不安罢了。我们对坠马的恐惧,起因于我们为避免掉下马来做出一些笨拙、猛烈而效果适得其反的动作。最糟糕的是这些动作使马感到害怕。由此,我可以像西徐亚人[①]一样断定:一个人学会骑

---

① 古代的游牧民族,居住在黑海以北的草原地带,公元前 7 世纪一度强盛。

马,他就掌握了全部智慧,至少也差不多了。甚至怎样从高处坠落也是一门艺术。这些艺术在醉汉身上令人吃惊,因为他根本不去想怎样才会安全。在消防队员身上这门艺术更令人钦佩,因为他们通过训练学会在坠落时不必害怕。

微笑对我们来说似乎算不了什么,对情绪也不会有什么影响,因此我们不去试着微笑。但是有时出于礼貌,我们做出微笑或优雅地行礼,顿时我们自己的心情也完全改变了。生理学家知道这是什么原因,因为微笑和打呵欠一样,其动作深入身体内部,由上而下,使咽喉、肺部、心脏依次放松。医生的药箱里没有别的药品比微笑更能带来迅速、和谐的疗效。此外,愿意表示自己满不在乎的人喜欢耸肩膀,而这个动作实际上起到扩大肺部空气容量和平缓心跳的作用。心跳平缓,也就是安心。

1923 年 9 月 11 日

11 医学

学者说:"我掌握许多真理,并且对我不了解的真理也有足够的认识。我知道一台机器是怎么一回事,知道只要有一点疏忽,有几分钟不注意,一颗螺丝松动就会毁掉一切,而出事故的原因总是因为人们没有及时请教专家。因此,我用一部分时间来监视我的身体这部复杂的机器,只要出现摩擦或者运转不灵活的现象,我立即请教专家,让他检查有病的部件或假定有病的部件。由于我遵从杰出的笛卡儿的劝告,除非遭受命中注定的不幸,我有把握延长从父母那里得到的生命,直到这部机器本身的使用寿限为止。这便是我的智慧。"学者如是说,但是他说得无精打采。

喜欢读书的人说:"我了解许多错误的观念,它们使轻信的人的日子变得难过。这些谬论向我启示一些重要的真理,而我们的学者对这些真理所知甚微。我读过的书上说,想象力是这个世界的主宰。伟大的笛卡儿在《情绪论》里为我解释了原因。因为一种不安心理,即使我把它克服了,也不可能不搅乱我的五脏六腑;惊吓之余,我的心跳不可能不加快。只要想到生菜盘里有一条蚯蚓,也会叫我着实感到一阵恶心。所有这些疯狂的念头,即便我不相信它们,也会使我揪心,突然改变我的血液和体液的流向,而我的意志却无力控制。反过来,如果我真的每吃一口东西就吞下看不见的敌人,这些敌人对我的心脏和胃的功能的影响不会大于我的情绪变化或者种种想象给我的影响。

首先,我必须尽可能使自己高兴;其次,我应该排除对自己身体状况的顾虑,那种顾虑只会起到扰乱人体自然功能的作用。各个民族的历史上,不是总有些人因为相信自己遭逢厄运,于是郁悒而死的吗?魔魔法之所以能成功,不是因为其对象相信它的灵验吗?而最好的医生除了使我听凭他摆布,还能做什么事呢?当他只要说一句话就能改变我的心跳时,我又何必求助于他的药物呢?我不太清楚自己指望医学能给我什么好处,但是我知道自己害怕医学会带来什么害处。不管我这部机器出了什么故障,只要想到我对身体的关注和忧虑足以造成几乎同等程度的混乱,我就认定首要的、最见效的药方应是不必害怕胃或肾脏的疾病甚于害怕脚心长的鸡眼。只要想到这一层,我就感到宽慰。一小块皮肤变厚变硬就能使我们如此痛苦,那么我们难道不应该学会忍耐吗?"

1922 年 3 月 23 日

12
微笑

关于坏脾气,我想说它更多的不是原因,而是结果。我甚至倾向于认为我们大部分疾病的起因是我们忘了礼貌,而我说的礼貌乃是人体为强迫自身而做的努力。我的父亲出于职业习惯经常观察动物,他说动物受到的条件制约跟我们一样,并且跟我们一样容易滥用自己的体力,但是它们的疾病却比我们少得多,因此他感到惊讶。其实这是因为动物没有脾气,我指的是人用思想活动维持的这种怒意、这种疲劳感觉或者这种烦闷情绪。比如说,大家知道一个人睡不着觉就会发火,而正因为他恼火,他就把自己置于无法入睡的境地。又比如病人老担心病情恶化,他越是忧心忡忡,治愈的可能就越小。再比如我们在爬楼梯之前肺部需要吸足空气,而我们一看到楼梯长得没有尽头,顿时心里发怵,同时在想象力的作用下,我们感到喘不过气来。确切地说,发怒与咳嗽一样也是一种疾病。我们甚至能把咳嗽看作一种典型的发怒现象,因为咳嗽的原因固然在于身体内部,但是我们的想象立即期待甚至寻找咳嗽,妄想通过使咳嗽加剧的办法来摆脱这一病痛,就像用搔挠皮肤来止痒一样。我知道动物也有搔挠皮肤直到皮肤流血的,但是人享有一种危险的特权,即他——姑且这么说——单凭思想就可以搔挠自己,通过自身的情绪就能直接刺激心跳,加速血液流动。

关于情绪,我们暂且撇开不谈,因为不是你想摆脱它就能摆脱得掉的。为了达到这个目的,我们需要绕个大弯,实行某种学理,就像贤明之士为了不至于养成渴望幸福的心理,干脆不去寻找幸福一样。但是坏脾气使我们的身体容易产生并且保持忧郁的想法。心情不佳的人坐下、起立、说话时都采取一种适合于维持这种不佳心情的方式。发怒的人用另一种方式画地为牢;灰心丧气的人在他最需要力量支撑的时候却使自己的肌肉陷于松弛。至于怎样克服情绪的波动,这不是判断力做得到的事情,判断力在这上头无能为力。但是我们可以改变姿势,做出适宜的动作,因为我们的运动肌是人体唯一可以用意志控制的部分。

众所周知,微笑、耸肩都有助于排忧解愁。需要指出,这些轻而易举的动作能立即起到改变血液在内脏中运行情况的作用。人们可以有意识地伸懒腰或打呵欠,这是对付忧虑、不耐烦的最有效的体操。但是一个失去耐心的人不会想到装出一副懒懒散散的样子,同样地,失眠者也不会想到应该伪装入睡。恰恰相反,心情不佳的人老是想着自己心情不佳的原因,这就使他更加不能摆脱。如果我们缺乏智慧,至少可以使自己总是彬彬有礼,可以寻找需要自己做出微笑的场合。因此,人们特别喜欢与自己不相干的人交往。

1923 年 4 月 20 日

13
事故

我们每个人都曾经想过从高处摔下来该是什么情景:大客车已有一个轮子悬空,车身开始慢慢向外倾斜,车内的乘客一瞬间看到自己下面是个万丈深渊,不由得齐声惨叫。每个人都很容易想象这个场面,有些人甚至在梦中感到自己开始下坠,期待着落地时的撞击。不过这只是因为他们有时间去思维、去模仿将要发生的事情,去品尝恐惧的滋味。他们必须在事实上停止下坠,才能想象自己下坠的情形。有位太太某天对我说:"我什么都怕,早晚会吓死的。"幸亏我们一旦落入外界力量的掌握之中,便不再有闲暇去思想。时间的锁链好像被切断了,因此,极大的痛苦对身受者来说也变得微不足道。

恐怖事件本身带有麻醉性。氯仿起的作用只是使思想的上层活动进入休眠状态,而五脏六腑仍在骚动,各自感到痛苦,只不过没有思想活动把这些个别感到的痛苦汇合成一个总的感觉。任何痛苦都要求得到关注,否则它就不会被感觉到。仅在千分之一秒中体验到但立即又被遗忘的痛苦又算得了什么呢?以牙痛为例,人们事先必定预料到痛苦即将来临,等待着它的来临,并且在疼痛开始之前后为它留出一段时间,然而牙痛本身转瞬即逝,几乎不复存在。因此,我们更多的是害怕痛苦而不是实际上感到的痛苦。

上述见解以对意识活动的准确分析为依据,可以带来真正的安慰。但是想象力更具威力,它善于使我们感到恐怖。必须有过亲身经历才能明白这个道理,不过人生也不乏这种经历。有一天我在剧院看戏,突然之间,出于片刻的恐惧,人们一下子就把我挤到离我的座位十米以外的地方去了,而起因不过是有人闻到一股焦味,惊慌之中拔腿就逃跑,别人也随即学样。你被一个湍急的人流卷走,既不知道原因,也不知道自己将被带向何处,还有比这更可怕的事情吗?然而我当时并没有恐惧感,事后回想起来也没有,只不过是挪了一下位置。由于当时的情况不容我思考,所以我根本就没有思想活动,既没有预测,也没有回忆。就这样,当时我没有知觉,甚至没有感觉,仅在几秒钟内处于睡眠状态。

我出发上前线的那一个晚上,昏暗的车厢里一片喧哗,同伴们指手画脚讲述骇人的战场见闻，引起我许多不愉快的想法。在座的有几个从沙勒洛瓦撒下来的败兵，他们曾有足够的时间体验恐惧。更有甚者，某个角落里坐着一位头上缠满绷带、脸无血色、半死不活的人。他这副模样为旁人绘声绘色描写的战争场面平添了几分恐怖。正在叙述的人说："他们像一群蚂蚁，密密麻麻地扑过来，我们的炮火怎么也挡不住他们。"听众的想象力便如野马脱缰，益发不可收拾。幸亏这时候那位半死不活的人开口了。他为我们讲述自己在阿尔萨斯怎样被一块弹片从脑后击中。他遭遇的痛苦不是想象出来的，而是实实在在的。他说："我们当时正在一片树林的掩护下奔逃。我逃出树林，但从这一刻起我不知道出了什么事情。好像有一股强烈的气流突然使我失去知觉，待我醒来时发现自己已躺在医院的病床上。医生对我说，他们从我头部取出一块不过跳蚤那么大的弹片。"就这样，这个从地狱逃回来的人把我从想象的痛苦中带回到现实的痛苦上去，因此我猜想，人们最大的痛苦是由思想方法出现错误造成的。悟出这个道理并不能使我一点不去想象弹片如何撞击头骨，头骨如何碎裂。但是明白人们想象出来的痛苦与实际上的痛苦绝非一回事，光是这一点已使我获益匪浅。

1923 年 8 月 22 日

14
惨剧

　　海难的生还者对沉船过程保留着可怕的回忆:最先是舷窗外出现一座冰山,人们有片刻的犹豫,还在片刻间抱有希望;紧接着是平静的海面上大船灯火通明的景象,以及船头下沉,灯火突然熄灭,一千八百名乘客的齐声惨叫;再下来是船尾像一座高塔般竖起,倒下的机器滑向船首,声如巨雷;最后是这口大棺材平稳地没入水面,寒夜笼罩着一片孤寂,以及寒冷,绝望,最终得救。生还者于夜深不眠之时,一次又一次为自己重演这幕惨剧,他们的回忆于是带有连贯性,就像一部精心撰写的剧本一样,每个细节都有悲剧意义。

　　《麦克佩斯》①剧中,我们看到城堡守门人在天亮时仰望曙

---

① 莎士比亚名剧,写苏格兰国王邓旨在堂兄弟麦克佩斯的城堡中过夜时,被后者谋害。

光和燕子。这个画面清新、朴实、纯洁,但是我们知道罪行已经犯下,于是我们的恐怖达到顶点。同样地,生还者回忆海难时,每一时刻的意义仅从以后发生的事情得到解释。比如这条灯火辉煌,安静地、坚固地浮在海上的大船,当时是令人心安的,但在回忆里,在他们日后的梦境里,在我们的想象中,这一时刻却成为等待大难临头的恐怖时刻。惨剧正在为了解剧情的观众演出,他期待着这一分钟比前一分钟更加迫近的死亡。但是彼时彼地,并没有观众。当时容不得人思考,场景变换的时候,亲历者的印象随之变化。更确切地说,当时根本谈不上场景,只有一些意料不到、未经解释并且不甚连贯的感觉,尤其是不假思索便采取的行动。每时每刻思维能力都被取消,每一个形象出现后随即消失。正在眼前发展的事态使人们无暇想到它意味的惨剧。遇难死去的人什么也没有感觉到。

感觉需要思考和回忆。每个人在大大小小的事故中都能观察到这一点。陌生的、出乎意料的事件以及紧急采取的对策占据我们的全部注意力,使我们没有工夫去感觉。事后企图从头到尾回忆事故发生过程的人,如果他诚实不欺,必定会说他当时像在做梦,既不理解,也没做任何预测,但是他的后怕使他在讲述时把事故描绘成一场惨剧。巨大的悲伤也同此理,我们不时探视一位亲友的病情直到他去世,在这最后的时刻,我们几乎变呆了，而且全副精力都用来料理后事，应付每时每刻的具体感受，甚至后来我们向别人讲述当时我们如何恐惧、绝望时，在讲述的时候我们也顾不上痛苦。有些人老想着自己的不幸，当他们把自己的不幸讲给别人听，引出别人的眼泪时，他们也会在这一行动中得到小小的安慰。

尤其是，不管死者曾经有过什么感受，他们一旦死去，这些感受也就不复存在了。在我们还没有打开日记本记下自己的怀念时，死者的痛苦已经结束了，他们已经治愈了。这一想法大家都很熟悉，它使我想到人们其实并不相信死后有灵。但是，在生者的想象中，死者的临终过程永远没有完。

1912 年 4 月 24 日

15 关于死亡

　　每逢一位政治家逝世,总会引起别人许多想法;于是遍地都是瞬间的神学家。每人都在反省自身,想到人必有一死。但是我们不知道应该怎样应付死亡这一抽象的、无形的威胁。笛卡儿说最大的痛苦是犹豫不决。决心去上吊的人的处境比我们好,他们选择了钉子和绳子,直到最后把脖子伸进圈套,一切都取决于他们自己。风湿病患者老在设法为他的腿找一个合适的位置。故此,每种状况不管它有多坏,总要求得到某种实在的照应,或者要求人们试着去照应它。假如一个人身体健康却常以死亡为念,正因为死亡的危险无法预知,他的状况就近乎可笑了。一股无名火越冒越高,他好像完全听凭情绪的驱策。如果没有别的更好的办法,这位思想过于活跃的人不妨坐下来打牌,牌局中的具体问题要求他做出明确的反应,而输赢立见分晓。

人并非在一定场合下才是勇敢的,他本性是勇敢的。行动需要胆量,思想也要求胆量。危险无处不在,但人毫不畏惧。你看到人在寻找死亡,向死亡挑战,但是他不能等待死亡。无所事事的人由于他们对什么都不耐烦,变得相当好战。这倒不是因为他们愿意去死,而是因为他们想活得有滋味。战争的真正原因肯定是少数人百无聊赖,要求遇到实在的危险,甚至有意寻找具体的风险,就像打牌时一样。所以,以自己的劳力谋生的人性情平和并非出于偶然,因为他们无时无刻不在取得胜利。他们的生命充实、积极。他们不断地战胜死亡,而且只有这样做才是正确的想到死亡的方式。士兵关心的,不是人必有一死的抽象概念,而是接踵而来的具体危险。可能战争是对付那种辩证神学的唯一有效的办法。这些无所事事的人最终必定会把我们引向战争,因为世界上只有确实的危险才能医治没有具体原因的惧怕。

再看病人,他得了病反而心里踏实,不再老是提心吊胆担心什么时候会生病。我们的敌人是我们自己的想象,因为我们无法对付它。请问你有什么办法克服纯属假设的情况?如果一个人破了产,他立即有许多紧急的事情要处理,因此他的生活完全是脚踏实地的。但是一个人仅因为想象革命来临、汇率突然变化、证券贬值而担心自己会破产,会变得一文不名,那他又能做什么事情呢?他又要求什么呢?他转的任何一个念头都立即会被相反的想法否定,因为可能性是没有限制的,于是他总产生新的忧虑。他的一切作为都有始无终,相互抵消。

我以为害怕无非是一场没有结果的骚动,而冥想只能加剧害怕心理。人们一想到死就害怕,我相信这一点,但是当他们只是想而不采取任何行动的时候,他们害怕的东西更多。当他们想到各种可能发生的事情而不能自拔的时候,他们感到更大的恐惧。只要想到考试,有人就会腹痛,五脏六腑一阵骚动,好像有人拿着剑顶着他的肚子似的。实际上并没有这回事,只是由于他们的思想没有具体对象,因而不能做出决断,才感到肚子里好像烧着一团烈火。

1923 年 8 月 10 日

16
姿态

最粗俗的人用动作来表示自己的不幸时,也会变成大艺术家。如果他心里难受,你会看到他用双臂挤压胸口,绷紧肌肉。虽然他面前没有敌人,他也会咬牙切齿,挺胸凸肚,举起拳头。即使他不在外部做出这些令人不安的动作,也会在静止的身体内部描出这些动作,而这样产生的效果更加强烈。人们失眠的时候有时会奇怪自己老在重复相同的,几乎都是不愉快的想法。可以打赌说,这是因为他们在身体内部做出表示不愉快的动作,而这些动作容易引起不快的想法。我们需要做一套肌肉动作来对付精神上的任何不适和一切初起的疾病,我以为这个疗法百试百灵,但是很少有人想到这么做。

礼貌的习惯对于我们脑子里的想法有强大的影响。如果我们做出温和、善意、快乐的表情,这必定有助于我们克服恶劣情绪,甚至抑制胃痛。诸如鞠躬、微笑这类动作的好处在于它们使我们不可能同时去做表示愤怒、戒备、忧郁的动作。正因为这个道理,人们普遍喜欢交际、拜访、仪式和庆典。在这类场合人们需要表示自己的高兴,为了扮演这种喜剧,我们必定没有时间去演出悲剧。这就使我们受惠不浅。

宗教朝拜的姿势值得医生们去研究。信徒俯首屈膝下跪时,全身放松,内脏不受压迫,因此生命基本功能的运行比平时畅通。"低头吧,骄傲的西冈勃尔人!"[①]人们并不要求他从此不再发怒,不再骄傲,而是要求他首先沉默,使眼睛得到休息,使全身保持柔和。这样一来性格里猛烈的成分就被勾销了。不是慢慢地勾销,而且以后不再犯——我们的力量还达不到这一点——而是暂时立即勾销。宗教的奇迹其实并非奇迹。

观看一个人怎样从头脑里驱逐不愉快的想法是饶有兴味的。你看到他耸起肩膀,摇撼胸部,好像要理顺肌肉;你又看到他转动脑袋,以便引起别的感觉,产生别的念头;你还看到他又随便做一个动作,把他的忧虑投到远处,然后弹一下手指,表示

---

① 这是兰斯主教圣雷米为法兰克人的首领克洛维施洗礼时说的话。西冈勃尔人是日耳曼族的一支,后与法兰克人混合,所以法兰克人也称西冈勃尔人。

他就要开始跳舞。如果此时有人在一旁弹奏竖琴,使他的动作合乎节拍,以便排除任何怒意和烦躁,他的忧郁马上就会治愈。

  我喜欢表示不知所措的动作。那个人抓挠脑后的头发只是一个花招,旨在引开自己的注意力,不去做出最可怕的掷石头或扔标枪的动作。在这个场合,一个动作是带来和平还是挑起战斗,仅系一念之差。念珠是一项出色的发明,它能使人的思想和手指一起忙于计数。但是哲人掌握一个更妙的诀窍,他知道意志对于情绪无能为力,却可以直接指挥人体的动作。开导自己并非易事,但是操起一把提琴拉一首曲子却不困难。

1922 年 2 月 16 日

17
体操

一名钢琴演奏家上场前怕得要死,但他登台后一开始演奏就再也不怯场了,这该怎么解释?有人会说,这是因为他那时候不再想到害怕。此话不错。但是我愿意想得更深,因为钢琴演奏家是通过手指的灵活动作驱走、战胜害怕的,因为人体这架机器的各个部件相互关联,胸部如果不放松,手指也不能放松。灵活和僵硬一样,是一种全身状态,一个管理得很好的身体里没有害怕的位置。悦耳的歌声和令人折服的雄辩之所以叫歌唱者和演讲者对自己充满信心,也是因为这个时候他们全身肌肉都在做有节奏的运动。

有一个值得注意,但却很少有人注意的现象:使我们摆脱不良情绪的,不是思想,而是行动。我们不能支配自己的思路,但是我们如果去做某些熟悉的动作,或者当我们的肌肉经过训练,运用自如时,我们就可以任意支配自己的动作。在你忧虑的时候,不要试图去找一些道理来开导自己,因为你的道理最终只会转过来伤害你自己;你倒不如去做现今在各个学校里都能学到的伸屈胳膊的动作,而这类动作所产生的效果会使你惊奇。这就是为什么哲学教师把你送到体操教师那儿去上课的原因。

一位飞行员曾向我讲述,当他躺在草地上等待天气转晴,想到起飞后会遇到种种无法应付的危险时,整整两个钟头他越想越毛骨悚然。但是他一旦上了天,操纵他熟悉的机器时,他反而不怕了。每当我阅读大名鼎鼎的丰克①的历险记的时候,常常想起下面这个故事。有一天他驾驶一架战斗机在四千米高空飞行,发现操纵系统失灵,机身正在下坠。他寻找原因,发现一枚炮弹从弹舱中滑出来,卡住了机器。于是他把那枚炮弹放回去,与此同时飞机仍在下坠。随后他把机身往上拉,就再也没有什么故障了。这个勇士后来在回忆中或在梦中重温这几分钟的经历时,每每不寒而栗。但是如果有谁认为他当时曾与他后来回想时一样感到害怕的话,我可不相信。

---

① 勒内·丰克(1894—1953),法国空军军官,第一次世界大战中战功卓著。

我们的身体不怎么听我们的摆布，因为它一旦接不到指令，就会自己操纵自己，但是它又不能同时恰如其分地做两件事情：手心不是张开，就是捏紧。如果你张开手心，你就把紧攥在拳头里的种种惹人生气的想法都放跑了。哪怕你只是耸一下肩膀，那时你关在胸腔里的种种忧虑也都会逸走。这跟你不能同时又吞药又咳嗽的道理是一样的，我正是这样解释药片的作用的。同样地，如果你能打呵欠，你就不再打嗝。那么怎样才能打呵欠呢？你只消做模仿动作，伸懒腰、张大嘴，你身体里面隐藏着一头动物，它不经你的允许就使你打嗝；你一打呵欠，它就处于打呵欠的境地，跟着也打呵欠了。这个办法用来治疗打嗝、咳嗽和忧愁特别灵验。但是哪有医生嘱咐病人每三刻钟打一次呵欠呢？

1922 年 3 月 16 日

18
祈祷

我们不能一面张嘴,一面想象发 i 的音。你不妨试试就会发现,这个不出声的、想象中的 i 最后会变成 a。这个实例表明,如果身体的运动器官做出相反的动作,我们的想象力也就行之不远。我们可以通过形体动作直接验证这一关系,因为所有感情活动都有相应的形体动作,如果我发怒,我必定握紧拳头。这个道理大家都懂,但是没有从中普遍引出克制情绪的方法。

任何一种宗教都包含奇妙的实用智慧。比如有个不幸的人拒绝承认事实,他全身的动作都表示反抗,但是这些活动徒劳无益,只有使他筋疲力尽并且加重他的不幸。这个时候,你与其给他讲道理,不如让他跪下,用双手捧住脑袋。这个体操动作——这个词用在这里再恰当不过了——会抑制他处于高度亢奋状态的想象力,暂时使他不受绝望和盛怒的支配。

不过人们一旦听任情绪的摆布,他们的天真程度则令人吃惊,他们不相信会有如此简单的疗法。某人吃了亏,先是找出一千条理由来证实自己受到损害,然后再去寻找足以加重对方背信弃义的行为。他必定能找到,而且他还能发现此人以前也有类似行为。于是他对自己说,我完全有理由发怒,我不能平白受辱,忍气吞声。这是第一阶段。接着理性上场了,因为一般人都有令人惊讶的哲学思辨能力。但是最使人们惊讶的,却是理性对于情绪无能为力。大家都说:"理性每天要求我……"但是悲剧正在于我们不接受理性的劝告。怀疑主义者指出,正是这一境遇使人们相信不可抗拒的命运的力量;怀疑主义者言必有据。最古老的对于上帝的信仰和这种信仰最精致的表现形式同样来自人们感到自身受到审判、被定罪。

在人类漫长的童年时代,人们曾以为自己的情绪和梦幻同样来自神明。每次他们得到慰藉和某种解脱,他们便以为蒙受神的恩宠。一个盛怒难遏的人跪下来要求得到平和的心境,如果他真的跪下来,他必定会恢复内心的和平,这是因为他采取的姿态排除了发怒的可能。于是他会说他感到一股善的力量把他从恶中解救出来。神学家自然可以乘机大做文章。如果此人没有达到预期的效果,别人不难为他指出,那是因为他不够诚心,因为他没有下跪,更因为他对自己的怒火过于执着。于是神学家会说,这证明神总是公正的,他们能看穿人的内心。事实上,神甫的天真程度不亚于信徒。人们长期听凭情绪的摆布,后来才想到人体的动作是产生情绪的原因,而一套合适的体操就可以治愈情绪。因为他们注意到姿态、礼仪、礼貌产生巨大的影响,这类突然改变性情的现象被叫作皈依宗教,长期被认为是奇迹,而迷信无疑在于用超自然的原因去解释实在的后果。有学问的人最明白这个道理,但是直到今天,他们情绪激动时便把它忘得一干二净。

1913 年 12 月 24 日

19
打呵欠的艺术

狗在炉火边上打呵欠,提醒猎人们应该把要办的事情统统推到明天。这一漫不经心、不拘礼节伸展四肢的动作体现着美丽的生命力,使人禁不住效尤。于是全体在场的人都欠腰伸腿,频频打呵欠,这意味着上床的时间到了。打呵欠本身不是疲劳的标志,它不过是借助疏通脏器内部的空气,让人们暂时放弃注意力和喜好争执的习性。通过这一强有力的动作,天生的本性表示对活着感到满意,不耐烦再去思想。

大家都能发现,人在注意力高度集中或吃惊时,呼吸会突然停顿。生理学的解释不允我们再有任何怀疑,因为有一组强健的肌肉与胸廓相连接,这组肌肉一旦处于紧张状态,只能紧缩胸腔,使它瘫痪。人们挥舞胳膊表示投降时,这一动作同时使胸腔不再受到压迫;伸懒腰打呵欠时,人们正好做出相似的动作。由此可见,任何一件操心事都起到收缩心脏的作用,因为人们同时做出的细微动作立即压迫胸腔。人们有所期待,忧虑随之而生,因为我们只要等待什么东西,即便这东西无关紧要,也会产生忧虑。紧跟着这一困苦状态的,是不耐烦的情绪:人们对自己生气却丝毫不解决问题。仪式是一系列约束。参加仪式必须穿戴整齐,这又增加了人们的拘束。厌烦情绪相互传染,使人们更加感到束缚。呵欠也有传染性,它能治疗人们在举行仪式时感到的那种有传染性的厌烦情绪。人们纳闷打呵欠怎么也会像疾病那样传染,我以为像疾病一样能传染的是庄重的表情、专注的神态和满腹心事的样子。呵欠则相反,它是生命对于束缚的反抗,它之所以能传播开来,是因为它使人们放弃一本正经的模样,它好比在宣告人们对什么都不在乎。人们都在期待这一信号,好像整队集合的人期待解散一样。谁也不能拒绝这一小小的舒适,于是全部严肃神情只有退避。

笑和哭是同一性质的解决方式,但是不像呵欠那么放肆,而且比呵欠更带抑制性。笑或哭时有两种想法在斗争,一种带来束缚,另一种给人解放。然而在打呵欠时,各种想法都被撇在一边,不管是有束缚性的还是带来解放的。生命在自得其乐中勾销所有的思想,所以狗善于打呵欠。大家知道,所谓神经病患者其实是精神上有病,这类病人若打呵欠便是病情好转的兆头。但是我认为呵欠和它预示的睡眠一样,对所有疾病都有好处。我们的病痛与我们的想法大有关系,我们无意中咬了舌头会感到疼痛,而咬舌头在法语中另有后悔说错了话的意思。后悔带来痛苦:想到这一点,人们对我说的思想与病痛的关系就不会感到奇怪了。打呵欠却不包含任何风险。

1923 年 4 月 24 日

20
坏脾气

若要使病痛加剧,最见效的办法是搔挠痛处,这样做等于存心跟自己过不去。儿童首先尝试这个办法,他大吵大闹,不能自已。他先是生气,后来因为自己在生气而发怒,拒绝任何安慰:这就是赌气。让自己爱的人难受,而且变本加厉,以此惩罚自己。惩罚别人以便惩罚自己。因为对无知感到羞耻,索性发誓什么书也不读。一意孤行,决不回头。猛烈地咳嗽,回忆曾经受到的侮辱,自己折磨自己。认为世上没有好事是普遍规律。假定周围都是恶人以便自己常怀恶意。以敷衍态度做某件事,失败后却说:"我早知道不会成功,还好我没有全力以赴。"自己老板着脸,却又埋怨别人不以笑语相待。事事处处招人讨厌,却又奇怪自己为什么不讨人喜欢。睡不着觉就冒火,拼命想使自己入睡。怀疑一切快乐,对什么事情都皱眉头,吹毛求疵。把一时的心情不佳变成经常的坏脾气,在这种状态下自己对自己做出判断,并对自己说:"我生性腼腆,手脚笨拙,记性不好。我变老了。"把自己弄得邋邋遢遢,以后再揽镜自照。凡此种种,都是坏脾气为我们设置的陷阱。

有人爱说:"天气真冷,这对身体大有好处。"我很器重这么说话的人,因为人们没有比这更好的办法对付冷天气。大刮北风的时候,你最好搓搓手,这比什么都强。在这种场合,人的本能抵得上智慧,而人体本身的反应暗示我们此刻应该感到快乐。只有一种抵御严寒的办法,那就是为此高兴。快乐哲学的大师斯宾诺莎说得好:"不是因我在取暖我才高兴,而是因为我高兴我才取暖。"同样的道理,应该对自己说:"不是因为我成功了我才高兴,而是因为我高兴我才取得成功。"如果你要去寻找快乐,首先应该在自己心中贮满快乐。应该在得到别人的好处之前就表示感谢。因为只有你首先怀着希望,才能产生希望的理由,而好的预兆会带来好事本身。因此应该相信一切都是好的预兆,都会带来好运。爱比克泰德[①]说:"只要你愿意这么想,乌鸦叫也是在报喜。"他这句话的意思不仅是说应该把一切都化

---

① 爱比克泰德(50—125 或 130),斯多噶派哲学家。

作快乐，更重要的是说好的希望会把一切都变成实在的快乐，因为好的希望影响事件的发展。如果你遇到一个既令人不快，自己也感到不快的人，你首先应该向他微笑。如果你想入睡，首先应该相信自己能睡着。扼要地说，每个人在这个世界上最大的敌人是他自己。我在上文描述了某种类型的疯人的心理状态，但是疯子不过是把我们常犯的谬误放大了而已。哪怕坏脾气只是小小发作，我们也能从中找到轻度的被迫害妄想。当然我不否认这一类疯病与操纵我们的反应的神经系统受到某种损伤有关；任何炎症都会扩大其影响。不过我注意的是疯子身上能给我们启发的东西，他们好像用放大镜把我们常犯的可怕的错误放大了给我们看。这些可怜的人自问自答，他们一个人能演出一台戏。他们对自己念的咒语无不生效，但是我们应该明白咒语为什么生效。

1921 年 12 月 21 日

21

关于性格

每一个人的脾气都因当时的风向和肠胃消化情况而异。一个人用脚去踢门,另一个人说的话仅起到震动空气的作用,不比用脚踢门更有意义。伟大的灵魂把所有这些小事忘得一干二净,不管是别人还是他自己造成这类事件,伟大的灵魂一概予以原谅,因为他根本不去想它们。但是普通人却把一时的脾气变成常规,奉为信条,于是脾气就成为性格。因为某天你曾对某人生气,后来你对他的好感就不如以前。遇到这种情况,你首先应该原谅自己,虽然人们不常这样做。如果我们愿意原谅别人,原谅自己往往是先决条件。相反,如果我们自己一味后悔,我们往往相形之下放大了别人的错误。我们每个人的脾气其实是思想活动构成的,我们却对自己说:"我生来就是这样。"这句话的含义比我们理解的却要严重得多。

有的人很难忍受香味。这种对于花束和香水的反感并非持久的。但是我们见到有人自己去寻找、嗅闻香味,然后说他头痛难忍。任何事情都有人对之难以忍受,比如说有人一闻到烟味就要咳嗽,每家都有一两个暴君不许别人干这干那。患失眠症的人一口咬定说他怎么也睡不着。他说最轻微的响声也会把他吵醒,随即他竖起耳朵倾听各种声音,指责整个屋子里的人都存心不让他睡觉。发展到极点,就是他果真睡着了,醒后也会恼火,好像失去警惕,对自己的性格没有尽职似的。人们对什么都会产生迷恋,我甚至见到有人打牌非得输钱才满意,赢了反而不称心。

有的人以为自己失去记忆,或者说话时老想不起词儿。弄假容易成真,他们本是诚心演喜剧,有时候喜剧变成悲剧。我们不能否认事实上的疾病和年龄的影响,但是医生们早就发现存在一种系统化精神,这种精神驱使病人去寻找,并且很容易找到疾病的症状。人的情绪几乎全部都是这种夸大倾向造成的,大部分疾病,尤其是精神病,也应由它负责。沙尔科[①]后来干脆不相信患者的自诉。我们可以说,有些病因为医生不相信,也就

[①] 让-马丁·沙尔科(1825—1893),法国医生。弗洛伊德听过他的课。

消失了,或者几乎治愈了。

弗洛伊德的巧妙学说风行一时,今天它的威望下降,因为让一个惴惴不安的人相信人们需要他相信的事情简直易如反掌。斯丹达尔①说过,一个人为自己担心时,他的想象力已经与他本人为敌。何况这一学说以与性有关的事情为依据,而这类事情的重要性本来都来自人们对它们的重视程度,外加一种尽人皆知的野蛮的诗意。大家也知道,医生总想在患者身上找到疾病。大家不怎么知道的,是患者马上就能猜到这个对他不利的想法,并且把它变成自己的想法,于是医生最大胆的假设也能立即得到证实。人们描写过一种奇怪的丧失记忆现象,病人失去与某一性质事物有关的全部回忆。人们忘了,病人也有系统化精神。

1923 年 12 月 4 日

---

① 斯丹达尔(1783—1842),法国作家,《红与黑》的作者。

22 宿命

我们不解如何开头做任何事情,甚至伸胳膊。没有人先给神经和肌肉下命令,然后才伸长胳膊的,但是这个动作自己会开始,我们需要做的不过是追随它,尽可能好地完成它。所以,我们不必做任何决定,这不妨碍我们驾驭局势。我们好比车夫使受惊的马恢复平静,但是必须马首先受惊,然后车夫才能使它恢复平静。一辆马车出发上路,其实是这么一回事:马清醒过来,往外逃跑,车夫控制马的惊跳,把它引向某个方向。同样的道理,一艘船如果得不到动力,也不会听从船舵的指挥。总之,不管好歹,走了再说。动身后再考虑上哪儿去还来得及。

我想知道,到底是谁做了选择。谁也没有做出选择,因为我们开始时都是儿童。谁也没有事先做出选择,但是大家首先都干起来了。所以志向是各人的本性和环境造成的,所以老在思考的人做不出任何决定。最可笑的是学校里讲授怎样分析选择的动机,有一幅画像语法图解,表现海格立斯①怎样在善恶之间做出选择。谁也没有选择,人人只顾前进,而所有的道路都是好的。我以为生活的艺术首先在于,不要因为自己做了什么决定或者正在从事什么职业而对自己不满。不应该与自己争吵,应该把事情做好。有些选择不是我们自己做出的,而是现成摆在那里的,我们却以为这便是命运的安排。其实这些选择对我们没有束缚力,因为不存在坏的机缘。任何机缘都是好的,只要我们愿意使它成为好的。讨论什么是自己的本性乃是软弱的表现,谁也无从选择,但是一个人的本性如此丰富,足以满足野心最大的人的要求。乐意去做不得不做的事情才是伟大、美好的工作。

懒汉这样为自己辩解:"为什么当初我不用功读书呢?"那你现在就去学习吧。我不以为用功读过书有什么了不起,如果人们不再学习。依靠过去和埋怨过去同样是不明智的。已成为过去的事情,再美也不能使我们就此坐吃老本,而且也坏不到无法挽回的地步。我甚至相信好运气比坏运气更难长久维持。如

---

① 希腊传说中最有名的英雄。

果仙女曾装点你的摇篮,那么你得加倍小心。我景仰米开朗琪罗①的,是他那种火热的意志力:他不满足于自然的秉赋,而是要求做得更多,使他本来可以平安度过的一生变得历尽坎坷。我认识一个人对自己要求甚严,他已经满头白发,还上学校去求得知识。这个实例对犹豫不决的人表明,什么时候下决心都不嫌太晚。如果你对水手说,渡海是否顺利全靠舵轮最初的运动,他岂不要笑话你?然而人们偏偏要使儿童们相信这一条;幸亏孩子们不怎么理会。如果孩子们接受这个形而上学的观念,相信他们终生的成败取决于最初的学习成绩,这既不能改变他们的童年,而且不利于他们以后的生活。弱者因为原谅自己的软弱才成为弱者。

1922 年 12 月 12 日

---

① 米开朗琪罗(1475—1564),意大利画家、雕刻家,文艺复兴时期的艺术大师。

23
预见未来的灵魂

一位名不见经传的哲学家曾想把某种消极等待状态称为预见未来的灵魂。我们处在这种状态时,思想就像白杨树的叶子随风起舞一样,听任外界各种力量的摆布。此时灵魂窃听一切动静,它把自己完全暴露在外力打击之下,惊慌失措。我理解西比尔①的心情,她的三脚鼎和她的痉挛。她注意一切,也就是说害怕一切。我怜悯那些不懂得对大千世界的骚动和喧嚣视而不见的人。

有时艺术家回到这种接待一切,接受任何色彩、任何声响,体察任何冷热变化的状态。他奇怪农民和水手终年累月与自然

---

① 希腊传说中的女预言家,能在狂乱恍惚状态中占卜未来。

界打交道,他们的生计取决于自然界,却觉察不到所有这些差别。有一个极其漂亮、洒脱的动作:肩膀一抖便能卸下这些累赘。圣克里斯朵夫①过河时没有留心计算脚下的波涛。他说:"人想的事情太多,便睡不着觉。"想得太多,也妨碍行动。

应该清理头脑,把思想弄得简单一点,去掉不必要的东西。我以为人一旦熟睡,便应抛掉一切杂念。身体健康的一个标志,是不去胡思乱想,立即入睡,而一觉醒来,便精神抖擞,不再有睡意。相反,预见未来的灵魂醒得不彻底,老在重温做过的梦。

当然没有任何东西阻止人们就这样生活。人体的灵魂构造本来适宜于预感,最微弱的信号也能被人体接受,并且保存下来。某种风声预告一场暴风雨即将来临。留心外界的信号当然是件好事,但是总不能稍有风吹草动就惊慌忙乱。我见过一具巨大的自动记录式气压计,它那么灵敏,附近有一辆车或者有人走动都会使它的指针转动。如果我们对外界任何变化都加以注意,我们就会与那具气压计一样敏感。我们的心情会随着太阳在天空的移动而变化。但是就像国王不会接见一切人一样,人作为这个星球的主人不应该留意一切东西。

一个缺乏自信的人在社交场合总想听到一切,收集一切,

---

① 基督教传说,圣克里斯朵夫曾背负圣婴(耶稣)过河。

解释一切。对他来说，别人的交谈就显得愚蠢、不连贯，好像大家都是临时想起什么就说什么。但是智者像园丁剪枝一样修剪他收到的信号和听到的言辞。这样做在社会上更有必要，因为任何东西都会碰上我们，阻止我们前进。我们如果把什么事都放在心上，我们眼前的地平线就变成一堵密不通风的墙了。我们应该把各种东西放到合适的位置上去；任何思想必定要对印象做一番清理、淘汰。

比如开荒。我认识一位特别敏感的妇女，她看到砍倒树干、折断树枝都会心里难受。但是，没有樵夫的斧子，人们不久就会看到荆棘丛生，虫蛇横行，沼泽地传播热病，饥荒继之而来。同样地，每个人都应该把自己的性情当作一片菜地，大加砍伐。怀疑精神正在于否定自己的秉性，这个世界是砍刀和斧子开辟出来的；每开一条路，就少一些空想，斧子好比是在向预兆挑战。相反，一旦人们对自己宽容，喜爱杂乱的印象，世界就会向我们封闭。应该对卡桑德①们的预言表示怀疑，预言不幸的人都喜欢躺着不起来。真正的人振作精神，创造未来。

1913 年 8 月 25 日

---

① 希腊神话中的特洛伊公主，为阿波罗神所爱，被赐预言吉凶的本领。因为她不肯委身阿波罗，受到他的诅咒，致使她的预言无人相信。

24
我们的未来

人们只要不了解各种事物之间的相互联系以及因果关系，便对未来感到沮丧。一个梦或者巫师的一句话便能毁掉我们的希望；人们到处看到预兆。这是神学理论。大家知道关于那位诗人的寓言。神对他预言，他必将被倒塌的房子压死。于是他就住在野外，但是神不肯就此罢休。一只鹰从他头顶上飞过，误认他的秃脑袋是一块石头，于是鹰爪松开，掉下一个乌龟，正好把他砸死。另一个故事讲到一位王子，神谕说他必死于狮子之口，于是他足不出户，整天与妇女们待在一起。某天他看到挂毯上有一头狮子，大发脾气，挥拳便打，不巧碰在一根生锈的钉子上，刮破皮肤，染上坏疽，还是难逃一死。

这些故事旨在宣扬宿命论。神学家们后来把这个想法发展成一种学说,认为每个人的命运皆已预定,本人做什么努力都不会改变命运。这个说法毫无科学根据,因为这种宿命论等于说:"不管原因有何不同,结果总是相同的。"但是我们知道,如果原因不同,结果也就不同。我们可以用下列推理驱散这个不可避免的未来的幽灵:假设我知道某日某时我将被某堵墙压死,正因为我知道了这件事,我就可以使这个预言不能实现。我们就是这样生活的,我们每时每刻都因为预见到某一个不幸而躲过这一不幸。凡是我们合情合理预见到的事情,都不会发生。如果我停在马路中间,这辆汽车会把我压死,那么我就不在马路中间停留。

宿命思想是怎么产生的呢?主要有两个起因。首先,恐惧心理往往把我们投入我们等待的不幸事件。假设有人对我预言我将被汽车压死,如果我正在一辆汽车向我开过来的时候想到这件事,我就不能采取合适的行动。因为在这一时刻,有用的想法是我应该逃开,而且立即采取行动。相反,出于同样的机制,如果当时我想到我会留在这个位置上,这个想法会使我陷于瘫痪。正因为人们在紧急关头感到眩晕,巫师们的预言才变得灵验。

还必须指出,我们的情欲和恶习具有通过一切途径达到目的的本事。人们可以对一个赌徒预言他将赌钱,对一个守财奴预言他将积攒钱财,对一个野心家预言他将谋求高位。用不着巫师,我们也会自己对自己行使魔法,说道:"我生来就是这样;我改变不了自己。"其实这也是一种眩晕,它使预言得以成为事实。我们只消了解周围的一切处于不断变化之中,了解存在着各种各样不断变化的细小原因,我们就不会相信命运。

　　读一遍《吉尔·布拉斯》[①]吧!这本书里没有严肃的说教,人们从中学到既不应该依赖好运气,也不必相信厄运,而应该卸掉包袱,见机行事。我们的错误死在我们前头,不要把它们像木乃伊一样保存下来。

1911 年 8 月 28 日

[①] 法国作家勒萨日(1668—1747)的小说,主人公吉尔·布拉斯到处流浪,遭遇时好时坏。

25
预言

我认识一个人为了知晓自己的命运,就让一个算命的看手相。他跟我说他这么做只是好玩,并不是真的相信。如果他事先征求我的意见,我必定劝他别这么做,因为这是一个危险的游戏。什么预言还没有说出来的时候,你不相信当然不难。这个时候用不着你相信什么,可能谁也不会去相信。一开头持怀疑态度并不难,但是以后就不容易了。算命的很了解这一点。他们对你说:"反正你不信,你又怕什么呢?"他们就是这样设置陷阱的。至于我自己,我怕我会相信他们;我又怎么知道他们会对我说些什么呢?

我假设算命先生是相信自己的,因为如果他意在逗笑取乐,他就会用模棱两可的话预告一些平平常常、可以预见的事情:"你会遇到一些麻烦,受到小小的挫折,但是最后你会成功的。有人跟你作对,但是总有一天他们会同你修好,而在这个期间自有忠诚的朋友带给你安慰。你不久会收到一封信,内容与你现在操心的事情有关……"诸如此类的话他可以说上一大篇,这对任何人都没有损害。

但是,如果这位术士相信自己真能预卜未来,他就会向你预告灾祸。你自以为超脱了世俗的见解,听了以后置之一笑。但是他的话还是留在你的记忆里,当你胡思乱想或做梦时会突然袭来,让你稍稍感到不安。直到某一天发生一些事情似乎与他的预言吻合,你就不那么容易把握住自己了。

我认识一位少女,有一天一位算命的看过她的手相以后对她说:"你会结婚的。你将有一个孩子,但是后来你会失去这个孩子。"一个人的生命处于如日初升时,这个预言不会成为沉重的包袱。但是斗转星移,这位少女出嫁了,不久前又生下一个孩子。到这个时候,这个预言对她就不那么轻松了。假如这个孩子得了病,不祥的预言就会像钟声一样老在母亲耳际萦绕。可能她当初曾嘲笑这位看相的,现在轮到后者报复了。

这个世界上各种各样的事情都可能发生,所以不管人们的见解有多么坚定,碰上某些遭遇也会动摇。你听到一个不吉利的、难以置信的预言后可能会付之一笑,但如果这个预言部分应验了,你就不会有心情发笑了,即便是最勇敢的人遇到这种情况,他也会等待事态的发展。我们知道,我们的担心带来的痛苦不亚于灾祸本身造成的痛苦。也可能有两个预言家不谋而合地为你预言同一件事情。如果这一巧合并不使你感到特别不安,那么我对你十分钦佩。

至于我,我宁可不去多想未来,只注意眼前可能发生的。我不但不会请人看手相,而且不想从自然现象中寻找未来的预兆,因为不管我们有多大学问,我总不相信我们的目光能看得很远。我发现任何人遇到的重大事件都是他未曾预料,也不可能预料的。当人们治愈了好奇心以后,无疑也需要治愈过分的谨慎心。

1908 年 4 月 14 日

26

海格立斯

人只能从自己的意志汲取力量,这一想法与宗教、奇迹、不幸一样古老。反过来,人的意志一旦受挫,他就不再想从中取得力量,因为精神力量的存在是通过效果来证明的。海格立斯直到认为自己已沦为奴隶的那一天为止,一直为自己提供这种证明。到了那一天,他宁可壮烈地死去,也不愿苟活。这个神话美极了。我希望人们让孩子们背诵海格立斯的英雄业绩,以便他们学会怎样战胜外界力量。因为这样才是真正活着,而另一种做法,懦夫的做法,虽生犹死。

我喜欢一个小伙子,他在与外界力量斗争时爱动脑子思索,如果他发现自己做出一个错误的选择,就首先说:"这是我的错。"他寻找自己的错误,同时兴致勃勃地拍打两侧胸部。另一种人则不然,他们徒具血肉之躯,行事却像机器人,总在周围的人和事物中寻找辩解。像他们那样去做,就毫无快乐可言,因为周围的人和事物显然不会对不幸者有任何顾惜的,于是这个不幸者的思想就像秋末的树叶一样,随风簸动,惴惴不安。那些在自身之外寻找辩解的人永远不会高兴,相反直截了当承认自己的错误,对自己说"我当初愚不可及"的人却因为消化了这一经验而心情舒畅,感到自己有力量。

就像有两种猎人,一种是兴高采烈的,另一种是愁眉苦脸的一样。也有两种经验,一种令人轻松,一种叫人心头沉重。愁眉苦脸的猎人一枪没有打中兔子,便说"我运气不佳","倒霉事全让我给碰上了"。兴高采烈的猎人则赞赏兔子的狡狯,因为他知道兔子不认为它的职责是供人烹饪。许多民间谚语充分体现这类令人积极向上的智慧,如我的祖母常说百灵鸟不会自己烤熟了从天上掉下来,这句话的含义就很深刻。又比如说若要睡得舒服,先把被子铺好。愚人说"我要能欣赏音乐该有多好",那么他应该去学习演奏乐器,偏偏他不肯动手。

一切都与我们作对,说得确切一些,一切对于我们都是冷漠、不怀敬意的。没有人的劳动,大地只是一片丛莽,瘴烟弥漫。并非它与我们敌对,但是它也不为我们提供方便。只有人的劳动才是为人服务的。最初的希望带来日后的害怕,所以侥幸成功并不是好的开端，起先感谢神明佑护的人后来会诅咒神明。新婚夫妇在市政厅和教堂履行手续时，觉得市长和教堂的守卫特别可爱，因为他们没有看到教堂执事怎样熄灭蜡烛。有一天我注意到一位香粉铺的女店主怎样对顾客微笑，可是顾客一转身她就像关门一样收起脸上的笑容。其实商人怎样上门板也值得观看。一旦某一外界事物，或者另一个人，向我们披露了自身的运转规律，我们明白自己不会受到它或他的特别照顾以后，就会去做自己应做的事情。不过只要有人对我们表示善意，我们就失去正确的认识，除了希望他人的帮助没有别的办法。

1922 年 11 月 7 日

27 意志

"树叶正在生长。不久就会出现一种青色小肉虫,把树叶啃光。这一来榆树就像人失去肺,不能呼吸。为了避免窒息,你会看到树上长出新的叶子,度过这个春天。但是它消耗的精力太多了。早晚会有一年,树上长不出新的叶子,树就会死去。"

我有一位朋友热爱树木,当我们一起在他的花园里散步时,他说了上面这一番话。他指给我看那些百年古树,宣告它们不久就要死亡。我对他说:"应该斗争,这种小肉虫没有什么力量。如果我们能杀死一条小虫子,那么我们也能杀死一百条,一千条。"

"一千条虫子又算得了什么呢?"我的朋友说,"它们一共有几百万条,最好不去想它。"我对他说:"不过你有钱。你可以雇人来做工。十个工人干十天可以杀死一千多条虫子。难道你舍不得花几百法郎救活这些漂亮的大树?"

"我的树太多,"他说,"而我的工人又太少,再说他们怎么够得着最高的树枝呢?必须请来专门修剪树枝的工人,这个地区一共只有两名这样的工人。"

"两名也不错了,"我对他说,"你让他们负责高处的树枝,别的工人身手没有那么灵活,可以用梯子爬高。即便你不能救活所有的树,至少你可以保存下三两棵。"

"我没有勇气,"最后他说,"我知道我会怎样做。我到别的地方待一阵子,免得目睹害虫毁灭我的树林。"

"这都是你的想象力在起作用,"我回答说,"你还没有开始战斗,就败下阵来了。你只应该看到自己的一双手,不必想得更远。如果人们想到事物的压力如此巨大,人的力量又是如此薄弱,人们就永远不会采取任何行动。所以应该投入行动,想的只是如何行动:请看这位砌石工人,他从容不迫地摇动曲柄,而大石头只是稍微挪动了一下位置,然而房屋终将要竣工,孩子们将会在楼梯上跳上蹿下游戏。有一次我欣赏一位工人用手摇钻在一道十五厘米厚的钢墙上钻孔。他一边吹口哨一边转动他的工具,钢铁的粉屑像雪花一样纷纷散落。这个人的大胆着实叫我吃惊。这是十年前的事了。我有把握相信他不仅完成了这个洞眼,以后还钻出许多别的洞眼。小肉虫本身也给你上了一课。一条小虫与一棵榆树相比又算得了什么呢?但是它们加在一起,不停地咬嚼,就能毁掉整片树林。应该相信微薄的努力也不会白费,在与害虫斗争的时候需要效法害虫。你有一千个有利条件,否则榆树林早就不能生存下去了。命运是不稳定的,弹一下手指就创造一个新世界。最微薄的努力也会引起无穷无尽的后果。当初种下这片榆树林的人没有考虑人生的短暂。你应该像他一样投入行动,不要去看比自己脚底下更远的地方,这样你就能救活你的榆树林。"

1909 年 5 月 9 日

28
人各遂其愿

人各遂其愿。年轻人不懂这个道理,因为他们徒有愿望,只知道等待神粮①从天而降。神粮不会从天而降。人们愿望的东西像一座座山等着我们前往,它们不会挪动位置的。不过我们需要出力爬山。我见过的那些出发时满怀信心的野心家,他们没有一个不达目的地的,甚至速度比我预料的要快得多。凡是需要走的门路,他们毫不迟疑,立即去走。他们定期拜访对他们有用的人,而用不着的人即使可爱,他们决不与之来往。需要讨好的对象,他们一定曲意逢迎。我毫无谴责他们的意思,人各有志嘛!不过如果你竟敢冒犯一个可以为你开辟道路的人,你最好别说你想借光走过去。

---

① 圣经故事,希伯来人在摩西率领下横穿沙漠时绝粮,上帝降下神粮供他们果腹。

你总不能既要当部长，又想甩开众多的求情者，不受任何请托。

我认识许多懒人，他们常说："人家会来找我的，用不着我动一下指头。"事实上他们宁可人家不来打扰他们，人家当然也就让他们安安静静待下去。所以他们并不如他们自以为的那样不幸。笨人突然会像猛禽扑向猎物一样，在两天内去走十个门路。这类缺乏事先准备的行动不会成功的。我见过一些颇有才具的人也这样鲁莽行事，这好比用手指甲去抠开保险箱。因为所求不能如愿，人们有时便说社会太不公平，其实这么说倒是不公平的。对于什么也不要求的人，社会什么也不给他们。我指的是坚持不懈的要求。能这样要求已经相当不错了，因为知识和能力不能解决一切问题。有的人精通政治，但是他们什么事情也不去做，借此表明他们厌恶政治家的卑劣手段，其实任何一种职业都不那么清高。如果他们不爱这一行，他们的知识和判断能力又有什么用呢？巴莱斯①接见来访者，批阅文件，想起他许下的诺言。我不知道他是否适合搞高级政治，但是他必定喜爱这一行。

我是说所有愿意发财的人都能达到目的。这话对那些做梦也想发财，却又一文不名的人肯定不中听。他们望着面前的大山，山等着他们，可他们就是不去。金钱和别的好处一样，必须

---

① 莫里斯·巴莱斯(1862—1923)，法国作家、政治家。

对它忠贞不渝才能得到它。许多人以为自己只是因为需要花钱才想赚钱。但是金钱躲开那些仅出于需要才去寻找它的人。发了财的人当初想的是在每件事情上都赚一笔。有的人想做轻松的生意，希望他与顾客相处如同朋友，随心所欲地经营，从不锱铢必较，甚至不妨削价相让。这种人连本钱都会赔光，就像雨水在晒热的路面上迅速蒸发掉一样。真想发财就得不讲情面，得有勇气，还要像古代的骑士接受考验那样，经得起打击。对于每天、每小时结算账目的商人，赢利之艰难也不亚于水银与黄金结合。但是三心二意的情郎一眼就被看透。只想花钱的人赚不到钱。这也公平，因为他想的本是花钱，不是赚钱。

我认识一位朋友出于兴趣，某种程度上也是为了身体健康，才去经营农业。他只希望收支相抵，但是连年亏本，后来他因此破产。有的老人，甚至有的乞丐也爱财如命，这是一种怪癖，不过商人的吝啬与他们的职业有关。一个人既愿意赚钱，就要掌握赚钱的手段，就是说孜孜以求蝇头微利，积少成多，否则他就好比爬山时不看脚底下踩的是什么。并非每块石头都长得很牢靠，而地心吸力片刻也不放过我们。亏损像地心吸力一样拽住商人，把他往下拉。谁不留神，就爬不上山。

1924 年 9 月 21 日

29

关于命运

伏尔泰①说过:"命运牵着我们走,拿我们开心。"这句话出自这个如此坚定地维护自己的信念的人之口,着实叫我惊讶。命运对我们常以暴力相加,显然,笛卡儿碰上飞来的石头或者炮弹也会死于非命。这些力量能在顷刻之间使我们统统从大地上消失。不过外部事件虽然轻而易举就能杀死一个人,却不能改变他。我常赞叹人们怎样坚定不移地走向他们自己选择的归宿,怎样使一切都从属于这个目标。像狗把吞到肚子里边的鸡变成自己的肉和脂肪一样,人也消化他遇上的事情。性格坚强的人锲而不舍,他们总能在变幻莫测的事物中间开辟通路。强

---

① 伏尔泰(1694—1778),法国作家,启蒙思想家。

者的特点是他在所有的东西上打下自己的印记,但是一般人也具有这种力量。对于人来说,一切都像衣服那样随着人的体形和动作改变褶纹。换了一个主人,一张桌子上的陈设、一间办公室或卧室的布置随即改变,或者变得井井有条,或者变得杂乱无章。大大小小的事情接踵而来,我们根据外部标准判断它们是好事还是坏事,但是处理这些事情的人不管他应付得是好是坏,总会像老鼠打洞一样按照自身的形态钻出一个窟窿。请你仔细看:他做成了他愿意做的事情。

"年轻人希望得到的东西,老年人那里应有尽有。"这是歌德①在他的回忆录开头引用的谚语。有些人善于根据自己特有的方式塑造任何事件的面貌,歌德便是这种人的光辉榜样。当然不是任何人都能与歌德相比,但是任何人都是他自己。一般人留下的印记可能不那么漂亮,但是他们到处留下印记。他们愿意得到的东西未必高尚,但是他们总是得到了这件东西。这个人不是歌德,所以他也根本不想当歌德。斯宾诺莎最理解这种不能克服的、鳄鱼般的本性,他说人不需要达到马的完美。同样地,谁也用不着歌德的完美。但是你且看商人,不管他在什么地方,甚至在一片废墟上都照样做买卖,如同贴现者放

---

① 歌德(1749—1832),德国大诗人。

债,诗人唱歌,懒汉睡大觉。许多人埋怨自己没有这个那个,但是原因总在于他们没有真正想得到这个或那个东西。这位上校就要解甲归田了,他没有当上将军。但是,如果我搜索他的过去,我总能找到某件小事他应该去做,却没有做到,而且根本不愿意去做。这样我就能为他证明,他其实并不愿意当将军。

我见到一些人本来条件很好,却蹭蹬下位,不得晋升。那么他们到底想要什么呢?说话坦率?他们这样做了。不拍马屁?他们确实没有奉承过任何人。有自己的见解,提出劝告,拒绝做某些事情?他们都做得到。他们是没有钱,但是他们不是一直蔑视金钱吗?钱只会流向那些看重钱的人的口袋里。你找不到一个愿意发财却发不了财的人。我说的是真心愿意,希望不等于愿意。诗人希望得到十万法郎,但是他不知道从谁那儿得到这笔钱,怎样得到。他没有朝那十万法郎迈出一小步,所以他该着没有钱。不过他倒是想作出好诗,所以也就作成了。像鳄鱼长鳞甲,鸟长羽毛一样,诗人的本性是作诗。人们可以把这种不顾一切终将开辟通路的内心力量也叫作命运,但是这个武装得那么好、组织得那么好的生命与那块偶然落在皮洛斯[①]头上的瓦片之间,除了命运这个名

[①] 公元前3世纪希腊伊庇鲁斯国王,能征善战,死于阿戈斯街道的巷战。

词之外,没有任何共同点。一位智者曾对我说,加尔文①的命定论其实与自由很相像,他讲的也是这个意思。

1923 年 10 月 3 日

---

① 加尔文(1509—1564),法国神学家、宗教改革家,在日内瓦创立新教中心。他认为人是否得救皆由上帝预定,与本人努力无关。

30

不绝望

警察局在释放酗酒闹事者之前,要求他们起誓戒酒,这是实干家的做法。理论家不相信这个办法会生效,因为他认为人的习惯和恶习都是根深蒂固的,不能改变。他根据对无生命的物质的了解推测人的行为,认为像铁或硫黄各有特性一样,任何人都有与生俱来的行动方式。但是我以为人的德行和恶习往往并非本性的产物,就像铁的本性不是被人锻打、轧制,硫黄的本性也不是供人做火药一样。

拿醉汉来说,我知道警察局这样要求并非没有道理。正因为他经常喝酒,才产生喝酒的需要。他喝得太多,越喝越渴,失去理智。但是最初使他喝酒的原因却微不足道,一个誓言足以取消这个原因。从他思想上做出这一小小的努力那一天起,我们的醉汉便滴酒不沾，好像他二十年来一直在喝白水似的。也有相反的情况。我本来不喝酒，但是不费什么力气就变成酒鬼。我曾迷恋赌博，后来环境变了，我就不再想赌钱，如果我重上牌桌，我又会着迷的。我们之所以陷入情欲，不能自拔，不仅因为我们执意沉溺不返，可能更因为我们犯了巨大的判断错误。我们以为事情已成定局，不容改变。不爱吃奶酪的不愿尝一下奶酪的味道，因为他们认为自己决不会喜欢上的，独身者往往认为他不能忍受婚姻生活。人遇到一件伤心事后会产生一种信念，认定自己不会遇上好事，因而拒绝改善自己的处境。我认为这是一种幻觉，而且产生这种幻觉是自然而然的；人们不能正确判断自己没有的东西。只要我仍爱杯中物，我就不能想象戒酒后是什么情况。我的行为本身就在抗拒戒酒。一旦我不再喝酒，单是这件事本身就使我拒绝酗酒。对于忧郁，对于赌博，对于一切，这个道理同样适用。

　　搬家前夕，你与你即将离开的房间告别，而你的家具还没有搬到街上，你已经爱上了新的住所，旧的住所已被遗忘，一切都会被很快遗忘。当前的一切自有其力量和新鲜感，人们必能与之适应。每个人都经历过这种事情，但是谁也不相信。习惯是一种偶像，它的力量来自我们对它的服从。我们以为自己不能克服习惯，是因为我们的思想欺骗了我们。我们认为想不出来的事情必定也做不到。人听命于想象,而想象通常不会自己解放自己。应该说想象不懂发明,但是行动带来发明。

  我祖父七十岁时对固体食物产生厌恶,从那个时候起至少五年内他以牛奶维持生命。人家说他得了怪癖,倒也说得不错。有一天全家围在一起吃饭时,我看到他突然啃起鸡腿来。这以后他又活了六七年,吃东西和你我没有两样。他突然吃起鸡腿来当然是勇敢之举,不过他顶撞了什么呢?他顶撞了舆论,确切说是他对于舆论的看法,或者说是他对自己的看法。人们会说他秉性丰厚,特立独行。这倒未必。所有人都能这么做,但是我们不知道这一点。每人都在扮演自己的角色,想不到换装。

1912 年 8 月 24 日

31
在大草地上

柏拉图①讲过一些童话故事。总的说这些童话和所有其他童话很相像,但是这些童话里有些好像是不经意说出来的话却给我们很深的印象,突然照亮我们心中一些隐蔽的角落。比如某个名叫爱尔的人的叙述就耐人深思。一次战役之后,死神误以为他已经死去,把他带入地狱,辨明错误之后,又被送回人间,讲述他在阴间的见闻。

阴间最可怕的考验如下:灵魂或者幽灵——随你怎么说吧——被带到一片大草地上,人家把许多口袋扔到他们面前,口袋里装的是命运,任凭他们挑选。这些灵魂对前世的经历记

---

① 柏拉图(公元前 428—前 347),古希腊大哲学家。

忆犹新,他们根据自己的欲望和遗憾做出选择。那些曾经渴求金钱胜过一切的人希望来世不缺钱花。前生有过很多钱的人愿意下一辈子有更多的钱。耽于感官享受的人选择装满享乐的口袋。野心家但愿做国王。最后,人人各得其所,把自己新的命运扛在肩头,去喝忘川①的水。然后他们又回到人世,根据自己的选择重新生活。

  这是一个奇特的考验,一种古怪的惩罚。它表面上没有什么,其实很可怕,因为很少有人去思索幸福和不幸的真正原因。如果有人这样做,他们就要追根究底,上溯到专横的欲望;正是欲望挫败了理性。这些人因而对财富有戒心,因为财富使人们爱听阿谀奉承,却听不进不幸者的哀求。他们也提防权力,因为人一旦拥有权力,或多或少总会变得不公正。他们也警惕享乐,因为享乐闭塞人的聪明,最终熄灭才智的光明。这些智者因而谨慎地反复察看一个又一个外表诱人的口袋,他们关心的是不失去自己的平衡,不要在显赫的命运中丧失自己历尽辛苦而获得并保存下来的那一点儿识别能力。于是他们把别人不要的暗淡命运捡起来扛走。

---

① 希腊神话,亡灵喝了忘川的水便忘记前生的经历;转世的灵魂喝了忘川的水便忘记在阴间的见闻。

但是别人一辈子都在追求欲望的满足,尽情享受他们以为是好的东西,眼光从不越过饭盆。这些人除了选择更多的盲目性,更多的愚昧,更多的谎言和不公正,还能选择别的什么呢?他们就这样自己惩罚自己,任何法官给他们的惩罚也不会那么严厉。这位百万富翁可能此刻已在大草地上。他将选择什么呢?不过我们且把隐喻放在一边。柏拉图离开我们比我们以为的要近得多。我对死后开始的新生活毫无经验,说我不相信死后有灵还不够,我想不出死后是什么情况。我宁可说在未来的生活中,将根据自己的选择和自己的法则受到惩罚。我们不停顿地滑向这个未来,到时候人人都要打开他选定的包裹。当然我们同样不断饮用忘川的水,责怪神明和命运。选择了野心的人并不以为他同时选择了卑劣的奉承、嫉妒和不公正,但是这些都是装在同一个包裹里的。

1909 年 6 月 25 日

32

人际关系

某人说:"我们跟特别熟的人尤难相处。我们对他们不加节制地诉说自己的不幸,从而把小不如意的事情也看得很严重,而他们也这么做。我们动不动就埋怨他们的行为、言语和感情,对自己的情绪则听之任之,为一些小事而火冒三丈。我们有把握引起他们的注意,得到他们的原谅,因为他们对我们太了解了,我们用不着力求给他们好的印象。其实这种每时每刻的坦率作风并不符合真情,它夸大了一切。因此人们奇怪在最团结和睦的家庭里也能听到尖刻的语调,看到激烈的动作。礼貌和礼仪的用处比我们以为的要大得多。"

另一个人说:"我们跟一点不了解的人最难相处。矿工在地底下挖煤,食利者坐享其成。女裁缝把精心缝制的服装送到百货公司，供妖媚的女顾客挑选。此刻就有一些苦命人，忙于拼接、黏合玩具，由商店廉价卖给有钱人家的孩子，但是有钱人家的孩子、时髦女郎和领取股息者却想不到这些事情。他们会怜悯一条丧家之犬或者一匹累垮了的马，他们对仆人很有礼貌，很善良，看到仆人眼眶发红或者脸上不高兴必定会设法安慰。我们乐意给小费，而且这样做毫无虚伪成分，因为我们看到咖啡馆侍者、送货人和车夫接过小费时的快乐神情。同一个人肯给脚夫一笔可观的小费，却认定铁路职工依靠铁路公司发的工资就可以活得很好。社会真是一部美妙的机器，它使好人变得残酷，自己却毫无觉察。"

第三个人说："我们跟不太熟的人最好相处。每个人都留心不要说过分的话，做太刺眼的动作，因而也就克制了怒意。我们满脸春风，很快心里也是一派祥和之气。那些说了会后悔的话，我们根本想不到去说。面对一个对你不怎么了解的人，我们尽量表现自己的优点；这番努力往往能使我们对别人、对自己比平时公正。我们不指望从一个陌生人那里得到什么，他给我们一点儿东西我们就很满足了。我发现外国人都很可爱，因为他们只会说客气话，话中不会带刺，因此有些人在外国生活觉得很惬意。他们在国外没有机会表现自己凶狠的一面，他们对自己感到满意。除了愉快的交谈，就在这人行道上，路人之间多么友好,多么礼让!老人、小孩,甚至狗都畅行无阻。可是在马路上恰恰相反,车夫相互辱骂,每个车夫都受到乘客的催促,而两辆车上的乘客彼此不相见。机器并不复杂,但是已经运转不灵活了。能给社会带来和平的,是社会成员之间的直接关系,是利益的混杂和直接的交流。不是通过组织实现交流,工会和行政司法机构这一类组织都是机器,而是通过不大不小的由邻居关系形成的单位。以地区为单位的联邦制是最理想的制度。"

1910 年 12 月 27 日

33
家庭里

有两种人,一种人习惯家里各种响声,另一种人要求别人不出声。我认识许多人属于后一种,他们工作时或等待入睡时,听到有人轻声低语或挪动一把椅子时发出一些响声,就会大发脾气。我也认识一些人属于前一种,他们绝对禁止自己干涉别人的行动,他们宁可打断自己宝贵的思路或者失去两小时睡眠,也不去阻止旁人谈话、欢笑、唱歌。

这两种人都躲避与自己性格相反的人,到处寻找与自己脾气相投的人。因此,我们见到许多家庭遵循的共同生活规则和信服的格言大不相同。

有的家庭里有不成文的规定:凡是能使某一成员不快的事情,其他人都不得去做。有一位闻到花香就不舒服,另一位讨厌大声嚷嚷。这个人要求晚上保持安静,那个人要求早晨鸦雀无声。有的不能容忍别人议论宗教,有的一听人家谈论政治就受不了。大家相互承认别人有否决权,人人都郑重其事地行使这个权利。一位说:"我闻到了花香,准会头痛一整天。"另一位说:"十一点时有人使劲推一扇门,害得我整宵没有合眼。"饭桌上好比开议会,人人诉说埋怨。于是大家接受这一复杂的宪章,而且把教会孩子们遵守它当作教育的要务。最终大家规规矩矩,相对无言,或者说一些乏味的话。这一套做法带来死气沉沉的和平和令人生厌的幸福。归根结底,只不过由于每个人受到别人限制的程度超过他对别人的限制,大家都以为自己为别人做出牺牲,认真地反复说:"不应该只为自己活着,应该想到别人。"

也有别的家庭。那种家庭里每个人的一时兴致都得到旁人的尊重和喜爱,谁也不会想到自己的快乐可能招致别人的讨厌。不过我们最好不提那种人:他们是自私者。

1907 年 7 月 12 日

34
关心

大家都知道那一出有名的戏,剧中人轮番对巴西尔说:"你脸色刷白,叫人害怕。"结果巴西尔真的相信自己有病。每次我在一个亲密团结、每个成员都关心别人健康的家庭做客,就会想到那出戏。谁的脸色略为发白或发红就该倒霉了;全家人开始焦虑不安,殷切地问他:"你睡得好吗?""你昨天吃了什么?""你干活太累了!"或者说些别的安慰的话。然后跟他说某人得了什么病,"只因为没有及时发现、治疗"。

我可怜那个生来敏感、有点怯懦、被家人以这种方式宠爱、保护、照料的人。日常的小小不适,诸如腹痛、咳嗽、打喷嚏、打呵欠、神经痛,对他来说都会变成大病的症状,他将在全家人的帮助下,注视疾病的发展。医生并不把他的病当一回事,但是他决不会执意宽慰所有这些人，劝他们尽管放心，否则他们反而会把他当作笨蛋。

人一有心事，就睡不好觉。我们那位想象的病人于是整夜不寐，倾听自己的呼吸，白天则用来叙述夜里的情况。要不了多久，他的病就有了名称，并且尽人皆知，遇到谈话冷场时，话题只要转到他的病情上，就会活跃起来。这个不幸者的健康像交易所的股票一样有行情，一会儿上涨，一会儿下跌，他本人也知道或者能猜到自己病情的起落。总之他得了神经衰弱症。

怎么治疗呢？躲开家里人，与不相干的人生活在一起。他们漫不经心地问候："你身体好吗？"但是你若认真回答，他们却没有耐心听，马上就走开了。他们不会倾听你的抱怨，也不会用充满关切、使你揪心的目光望着你。在与他们相处时，如果你不立即感到十分失望，那么你的病就能治好。从这个实例可以得出如下教益：绝对不要对别人说他脸色不佳。

1907 年 5 月 30 日

35
家庭的和平

我又要提到儒勒·勒那尔写的这本可怕的书:《胡萝卜须》[①]。这本书写亲人之间丝毫不留情面的关系,但是我必须指出,事情坏的一面本来不难觉察;人们普遍把友情掩盖起来,只让对方看到怒火、脾气。越是亲密相处的人之间,这类现象越难避免。谁不懂这个道理,一定生活不幸。

家人之间,尤其在每个成员都忠心耿耿的家庭里,谁也不会约束自己,谁也不戴面具。所以在孩子心目中,母亲用不着想到怎样对他证明她是个好母亲,否则这个孩子就坏到残忍的地

[①] 勒那尔(1864—1910)的代表作《胡萝卜须》是他童年辛酸苦辣的记录。作者对缺少母爱的痛苦毕生萦怀,出语冷峭幽默,却掩盖着强烈的感情。

步了。好孩子应该期待母亲有时会对他很不客气,这是他应得的报偿。礼貌是用来应付不相干的人的,好脾气或坏脾气则是为我们所爱的人准备的。

两心相爱的一个表征,是双方天真地拿对方做发脾气的对象。智者认为这是信赖和放任的证明。小说家经常指出,妻子有外遇的最初迹象,是她对丈夫又变得彬彬有礼,小心体贴,不过我们如果认为这是女方的一种心计,那就错了。其实,这是因为妻子不再在丈夫面前放任自己了。舞台上演妻子的常说一句话:"我乐意挨揍又怎么着呢?"这句话表达一个感情领域的真理,只不过它把这个真理夸大到可笑的程度。人们第一个冲动必定是打、骂、责备。如果信赖过了头,家庭就有覆灭的危险,我的意思是说它会变成一个令人憎恶的场所,动不动人们就提高嗓门,生气发怒。这也不难理解:人们天天密迩相处,一个人的怒火自然会引起另一个人的怒火,最细微的情感也被放大几十倍。描写坏脾气并不难,但是人们只要肯解释坏脾气产生的原因,治疗的办法也就找到了。

我们如有一个熟人老爱埋怨或者动辄发脾气,我们会天真地说:"这是他的性格。"但是我不怎么相信性格。因为经验证明,经常受到压制的东西就日益失去它的重要性,最后变得微不足道。在国王面前,朝臣不是掩盖他的坏脾气,而是他取悦国王的强烈愿望化解了自己的坏脾气。一个运动排除另一个运动。如果你友好地伸出手来,你就不能同时挥拳打人。感情也是一样,它们的强烈程度取决于你做出的或制止的动作。一位太太正在发怒,不料有客人上门,她顿时收敛怒容。我不说她虚伪,而是认为,这才是治疗怒火的绝妙良药。

家庭秩序和法律秩序一样,不能自动成立,而是通过意志建立并维持下来的。谁懂得第一个冲动的危险性,就能克制他的动作,这样他就能保持他珍惜的感情。因此对于意志来说,婚姻应该是不可分离的。人们借助意志的力量承担通过平息风暴维持良好的婚姻关系的义务。誓言的用处正在于此。

1913 年 10 月 14 日

36

关于私生活

好像是拉勃吕耶尔[①]说过,有好的婚姻,但是没有美满的婚姻。我们人类应该从虚妄的道德家们设置的这类魔障中走出来。根据他们的说法,人们像对待水果一样品尝并且评定幸福。但是我认为,就拿水果来说,人们也可以帮助它长好。对于婚姻和任何人与人之间的联系,人们更可以促使它们成功。这类事情不是供我们品尝或让我们忍受的,我们应该成就他们。根据天气和风向,人们在树荫底下或者感到舒服,或者不舒服,但是社会不是一片树荫。社会是产生奇迹的地方,巫师可以在社会里呼风唤雨。

---

① 拉勃吕耶尔(1645—1696),法国道德家,著有《性格论》。

人人为了自己的前程或经营的生意竭尽全力。但是人们普遍地没有做任何努力使自己在家里得到幸福。关于礼貌我写过不少文章,但是远没有把它的好处说够。我不认为礼貌是谎言,仅适用于与外国人打交道,而认为感情越是真诚、宝贵,就越需要礼貌。一位商人叫人"滚开",他以为自己真是这么想的,殊不知他正好坠入情绪设置的圈套。我们在直接生活中感知的一切都是不真实的:我一觉醒来睁开眼睛,看见的一切都是不真实的。我要做的工作是判断、估量,使自己与一切东西保持合适的距离。我们第一眼看到的任何东西都是片刻的梦,而梦不过是我们在失去判断力的状况下短暂的觉醒。既然如此,你为什么还要我相信当场产生的直接感情的可靠性呢?

黑格尔[①]说,直接灵魂,或曰自然灵魂,总是忧郁的,好像压着沉重的负担。我觉得这个思想很深刻,当反思不能使我们振作精神时,一味反思则有害无益。向自己提问的人从来不能从自己那里得到好的回答。思想仅以自身为对象时,必定产生烦闷、忧郁、不安或者急躁情绪。不妨试试。你问自己:"我读一本什么书消遣才好呢?"这样想的时候你已经在打呵欠了。应该马上找一本书来读。愿望如果不转化成意志,立即就会消失。心理

---

① 黑格尔(1770—1831),德国大哲学家。

学家们要求每个人对自己的思想产生兴趣,像研究草木或贝壳一样去研究它们。这种见解有多大价值,从我上面这番话不难判断。

在公共生活,如商业、工业活动里,每个人都控制自己的情绪,时刻振作精神,但在私生活中人们却没有这样做。人们认为自己反正对亲人满怀情意,便安心上床。当然他们能睡得很好,但是整个家庭因而处于半睡半醒状态,相互关系很容易变坏。在这种气氛下,最好的人也往往不由自主地采取一种可怕的虚伪态度。值得指出一种现象:人们似乎用意志力量隐藏某些感情,其实我们本应该借助意志,如体操家做运动一样,改变这些感情。人们以为坏脾气、忧郁、厌烦和刮风下雨一样都是客观事实,其实这不过是我们最初的想法,并不真实。简单地说,真正的礼貌在于感到我们应该怀有的感情。我们理应使自己尊敬别人,谨言慎行,处事公道。后一例值得深思。

克制最初的感情冲动,迅速回到公道的态度上,这肯定不是小偷做得到的,这正是诚实所在,绝无虚伪的成分。那么我们为什么不愿意同样克制一时冲动,回到爱情上去呢?爱情不是自然存在的,愿望本身也不会长久自然存在。真正的感情都是需要经营的事业。人们打牌时不会因为一时的不耐烦或厌倦而乱出牌,同样,谁也不会产生在钢琴上乱弹一阵的想法。举音乐做例子再合适不过了,即便是唱歌,歌唱者首先必须用意志的力量支撑音乐的展开,然后他才如神学家们有时说的那样,感到若有神助,不过神学家们不太知道自己在说什么。

1913年9月10日

37
夫妇

罗曼·罗兰[①]在他那部精彩的作品里告诉我们:出于自然的原因,世上少见和美的家庭。我顺着同样的思路进行思索,考察他笔下的人物和我在生活中遇到的真人,发现男女两性各有些特征使他们相互敌对,而他们自己却不一定知其所以然。女性偏于感情,男性偏于活动,人们常常讲到这个区别,却很少予以解释。

偏于感情和情意绵绵不是一回事。偏于感情,指的是一个人的思想与生命的源泉联系密切。我们在所有病人身上,不分性别,都能观察到这一密切联系,但是妇女由于承担怀孕、哺乳

---

① 罗曼·罗兰(1866—1944),法国作家。

以及与此相关的各种自然功能,通常情况下她们的思想活动与生理活动的关系尤其密切。所以我们看到妇女的性情易变,产生这些变化的原因本是生理上的,但是从它们的效果来看,人们往往以为这是怪念头、思想没有条理或者一味固执。其实这都是实情,毫无作假的意思,因为必须掌握深邃的智慧——这在事实上很少见——才能用真正的原因来解释情绪的变换,既然真正的原因也能改变我们的动机。如果我本因为有点疲劳,所以没有兴致散步,我的疲劳也使我找到别的理由待在家里不出去。我们常以为女人出于羞耻心而掩盖真正的原因,我认为,这其实是因为女人自己不了解真正原因所在,她们好比用灵魂的语言来解释生理现象,而对她们来说这样做是自然而然的,几乎不可避免的。

对于男性,离开行动就难以理解他们。他们生来是为了打猎、营造、发明、试验。离开这些事情,他们就会苦闷,但是自己却没有觉察到原因所在。男人必须从政治活动或经营事业得到生活的养料。这在男性本是天性使然,但是女性通常也认为这是虚伪的体现。在巴尔扎克的《两个新娘的回忆录》,特别是在托尔斯泰的《安娜·卡列尼娜》里,我们可以看到对这类家庭危机的精辟分析。

我以为公共生活是治疗这种病症的良药。公共生活起到两方面的作用。首先,与亲戚和朋友的来往使我们在家庭里建立起礼貌关系,这对我们掩饰一时的情绪冲动是必要的,而平时我们发泄情绪的机会实在太多了。我说的是掩饰。一旦我们不能表现某种情绪冲动,那么我们甚至感觉不到这一冲动,它也就不存在了。因此,只要我们喜爱礼貌,礼貌就能克服脾气。其次,公共生活使男性有所事事,不必为取悦女方而迫使自己整日与女方厮守,不闻外事。男子一闲下来就会不自在。所以,如果一对夫妻与世隔绝,仅以爱情为养料,那就很值得担心。这样的家庭好比不载压舱物而随波漂浮的轻舟,容易倾覆。参与公共生活能挽救夫妻之间的感情。

1912 年 12 月 14 日

38
烦闷

一个男人没有什么东西可供他建设或者破坏的时候,便感到很不幸。妇女,我指的是那些忙于穿着打扮、照料婴儿的妇女,永远不会理解为什么男人爱上咖啡馆去打牌。老想着自己的事情不会带来什么好处。

歌德的巨著《威廉·迈斯特》里有一个名叫"放弃社"的组织,该社成员应该永远不去想过去和未来。这条规则只要能够做到,当然很好。不过,若要人遵守这条规则,首先必须让某件事占据他的双手和眼睛。感觉和行动,这才是真正有效的治疗方法。相反,如果一个人无所用心,他很快就会想起某件使他害怕或感到遗憾的事情。思想有时并不是一种健康的活动。通常人们只是在原地打转,没有前进。所以伟大的卢梭写道:"沉思的人是堕落的动物。"

我们必须去做的事情使我们免于苦思冥想。幸亏我们差不多每人都有一个职业。我们缺少的,是正业以外的小营生,这些小营生能驱走正业带给我们的疲劳。我羡慕妇女,因为她们手里常有编织或刺绣活。她们的眼睛总在注视某一实在的目标,故此过去或未来的形象只是像闪电一样在她们脑海中闪过。但是男子们聚首时只是消磨时间,他们无事可做,像关在瓶子里的苍蝇一样嗡嗡叫。

我以为,健康的人之所以害怕失眠,是因为那时候想象力特别活跃,却找不到实在的对象。某人十点就寝,直到半夜还没有睡着,在床上辗转反侧。同一个人如果同一时间待在剧场里,他会完全忘记自身的存在。

这些思考有助于我们理解富人为什么用各种各样的活动填满他们的生活。他们为自己规定一千种义务、一千项工作,然后急如星火地履行职责。他们每天拜访十个人,从音乐会匆匆忙忙赶到剧院。天性好动的人就去打猎、打仗或探险。另一些人去开汽车,急不可耐地等待乘飞机的机会,不怕粉身碎骨。这些人总需要新的行动和新的感觉。他们要在世界上生活,而不是与自己晤对。与乳齿象吞食整片树林一样,他们用眼睛吞食世界。办法少的人便去打架,甘心落个鼻青脸肿,这个活动把他们引向眼前的现实,他们感到幸福。战争可能首先是医治烦闷的药方,用这个观点便能解释那些最乐意接受战争的人——且不说他们最盼望发动战争——往往是在战争中可能蒙受最大损失的人。无所事事的人常因想到死亡而害怕,一旦投入紧急的行动,不管这个行动有多大危险,他们不再有工夫想到死亡。战场必定是人们最少想到死亡的场所之一。于是可以得出一个悖论:一个人的生命越充实,就越不怕失去它。

1909 年 1 月 29 日

39
速度

我见到一辆行驶西线的新式火车头,它比别的火车头更高、更长、造型更简洁,部件之间的啮合像钟表一样精密,车轮滚动时几乎没有声音。人们感到,这台机器做的一切都是有用的,都趋向同一个目的。蒸汽把它从火那儿得到的全部能量都传递给活塞,我想象它启动灵活,速度均匀,不颠不簸,拖着笨重的列车一分钟走两公里,而巨大的煤水车足以说明它消耗多少燃料。

造出这辆机车,需要多少学问,多少图纸,多少次试验,多少次锤打、锉磨!这一切都是为了什么呢?可能是为了把巴黎和勒哈弗尔之间的旅程缩短一刻钟。这些幸福的旅客既然不惜高价买到这一刻钟时间,那么他们把这时间用来干什么呢?许多人在月台上徘徊,等候开车,另一些人在咖啡馆多待一刻钟,翻来覆去读报,连启事栏也不放过。他们得到的好处又在哪里?到底是谁得到好处?

列车走慢了旅客就感到厌烦,奇怪的是这位旅客会在开车前或到站后花一刻钟对别人解释这列火车比别的车快一刻钟走完全程。任何人每天至少浪费一刻钟时间去说这类意义不大的话,要不就是打牌或胡思乱想。那么他为什么不能把这一刻钟时间消磨在车厢里呢?

没有比火车车厢更惬意的地方了,当然,我说的是快车。旅客的座位比安乐椅还舒服。穿过宽大的玻璃窗人们看到河流、山谷、丘陵、城镇依次闪过。旅客的目光注视山坡上的公路、公路上的车辆和河流上的船队。列车经过地区的全部财富陈列在他眼前:小麦田和黑麦田,甜菜田和糖厂,美丽的树林,茂盛的草地,成群的牛马,壕沟展示的地层剖面。你好比在轻松自在地阅读一部瑰丽的地理画册,而且画面根据季节和天气每天都在变化。今天你看到山峦背后乌云密布,满载干草的大车匆忙赶路;另一天你看到农民在一片金色的尘埃中劳动,挥镰收割,空气在阳光下颤动。还有比这更美的景色吗?

但是旅客埋头读报,努力使自己对粗劣的版画产生兴趣,不时掏出表来看时间,打呵欠,打开箱子,关上箱子。车一到站,他忙不迭雇一辆街车,就像家里着了火似的。晚上他到剧场去看戏,欣赏画在硬纸板上的树、假的房舍和钟楼,倾听假扮的收割者震耳欲聋地怪声高唱。他挤在狭小的座位上不时揉搓膝盖,一边说道:"收割者唱歌走调,不过布景确实不坏。"

1908 年 7 月 2 日

40
希望

一场火灾使我想到保险。这位女神远不如幸运女神那样讨人喜欢。人们害怕她;人们无精打采地献给她微薄的供品。这很好理解,保险的好处总是与不幸同时来到的。最大的好处显然是家里不着火。但是因为这一好处无时不在,人们就像不感到自己有四肢一样对它没有感觉。人们觉得为这个消极的幸福而花钱未免冤枉。我只看到大企业爽快的交纳保险金,就像它们支付一切款项一样爽快。不过我也可怜那些工商业巨头,因为他们每天终了时不知道自己赚钱还是赔钱。他们经营事业的真正乐趣想必在于能对大批雇员行使权力。

那些手段有限却又怀着巨大希望的人不可能喜欢保险。我们能否想象有保险不会破产的商人?其实这不难做到,只要所有商人都把超过通常利润额的那一部分利润拿出来交公。这样一来,各家合伙商号总的来说都有盈利。合伙的商人好比公务员,他们有固定的收入,有退休金,只要他们愿意,他们还可以有医疗保险、公费疗养,用公费支付蜜月旅行和休假旅行。这样做十分明智,理论上很动人。不过不要忘记,一旦物质生活上不再需要任何担心,人们的幸福仍有待创造。一个人不必依靠自己解决问题时,烦闷就在一旁窥伺他,很快就把他抓在手心。

彩票女神,古人称之为盲目的幸运女神,却备受人们宠爱。中了彩一夜之间可以变成巨富,不中彩的损失微乎其微。我们想象保险公司营业处的大门上写着:"进来的人,请留下一切希望。"彩票商人从保险公司那里拉走顾客太容易了。人们经营各种事业不仅因为他们有野心,而野心归根结底不过是一种虚荣心,更重要的是他们不知疲倦地需要有所创新。这一要求先于行动,为各种职业带来光明和快乐。贝蕾特的牛奶罐对她意味的不是休息,而是劳动。中犊、母牛、公猪、小鸡,需要她去照管①。每个人都在日常劳动中发现一些他愿意照管的事情。在这一片长满荆棘杂草的土地上,希望使我们看到井井有条的菜畦和花

---

① 拉封丹寓言《卖牛奶的女人和牛奶罐》讲贝蕾特打算用一罐牛奶卖到的钱买鸡蛋,孵小鸡、养猪、养牛。

囿。一旦保了险,我们便什么都看不见。

　　人若迷上赌博,也自有其动人之处。赌徒与之搏斗的偶然性,是不加掩饰的,是他自己愿意的、自己发明的。他用不着花钱就可以保证自己不经受赌博的风险:他不去赌就行了。但是几乎所有人只要有点空闲,就去打牌或掷骰子,他们膜拜希望与恐惧这一对不可分离的孪生姐妹。可能赌徒更引以为荣的是全靠运气赢钱,而不是靠技巧。"祝贺"这个词表达的就是这个意思:我们祝贺某人的成功,而不是他的业绩。古人以为好运气是神赐给人的恩惠;今人不信神,但是照样相信运气。如果这不是人的本性,平均主义的正义早就统治世界了,因为这不难做到。但是人不太喜欢来得容易的东西。恺撒通过所有人的野心实行其统治;这是我们的希望戴上了王冠。

1921 年 10 月 3 日

41
行动

赛跑运动员十分辛苦。球类运动员十分辛苦。拳击运动员十分辛苦。与其说人寻找快乐,倒不如说人自找苦吃。老第欧根尼[1]说过:"世界上最好的东西是劳苦。"于是有人会说,人在自找苦吃时找到了快乐。那是玩弄文字。应该说人在自找的苦头中找到了幸福。幸福和快乐是两件完全不同的东西,就像奴役和自由不同一样。

人们要求积极行动,不愿消极承受。所有这些自找苦吃的人必定不喜欢强迫劳动。没有人喜欢强迫劳动,没有人喜欢不招自来的灾祸,谁也不喜欢受到必然性的束缚。但是只要我自

---

[1] 第欧根尼(?—约公元前 320),古希腊犬儒学派哲学家。

由地寻找苦头给自己吃，我就是高兴的。我写作这些散文，一位以卖文为生的作家会说："这是苦差使。"但是并没有人强迫我写作。做我自己愿意的工作是一件乐事，更确切地说是一种幸福。拳击家不喜欢平白无故地挨揍，但是他喜欢挨到自己寻找的拳打。只要战斗的成败取决于我们的努力，那就没有比艰苦奋斗获得的胜利更令人愉快的事情了。实际上人们真正爱的是力量。海格立斯寻找妖魔鬼怪，然后把它们一一制服，他借此对自己证明自己的力量。但是他一堕入情网，便感到自身的奴役，感到快乐的力量压在他身上。所有的人都是这样的，所以他们有了快乐反而不高兴。

吝啬鬼剥夺了自己许多乐趣，但是他通过战胜快乐和积聚力量为自己创造了一种强烈的幸福，只不过他要求这一幸福是他自身努力的结果。一个因为继承遗产而致富的人如果也爱财如命，他必定是一个郁郁寡欢的守财奴，因为任何幸福在本质上都具有诗意，而诗意意味着行动。人们不喜欢从天而降的幸福，人们愿意自己创造幸福。儿童看不起我们的花园，他用几堆沙子、几根花茎自己建造一个美丽的花园。一个收藏家如果不是亲手建立、扩充自己的收藏，那还有什么意思？

我认为人们以自己的行动影响战争的进程：人一旦被武装，显然就取得了某种自由，参谋部逼迫士兵去打仗也未必办得到。但是士兵一旦感到自己的自由,他们就进入了一种新生活,并对之感到兴味。普通人没有不怕死的,他只好等待死亡,最后承受死亡。但是一个向着死亡迎面走去、在某种意义上说好像在封闭的区间内召唤死亡的人,他会觉得自己比死亡更强大。

大家知道,士兵更容易做到的是寻找死亡,而不是坐以待毙;人们更喜欢自己创造的,而不是时间带给他们的命运。所以在战争中自有一种诗意,这种诗意使人们甚至不再仇恨敌人。这种由自由带来的醉意能帮助我们理解战争和所有的情感冲动。瘟疫是外界强加给我们的,而战争却与游戏一样,是我们自己发明的,所以我认为谨慎并非和平的可靠保证。人们忍受和平是因为他们爱好正义,因为正义很难实现,比造桥和修隧道更难,正因为这一点,也只因为这一点,和平才能来临。

1911 年 4 月 3 日

42

第欧根尼

人只有在他有所追求和有所发明的时候,才是幸福的。

这一点可在牌戏中看到。人们脸上的表情清楚地表明他们在运用自己的思索和做决定的能力。有的人一玩起马尼拉①来俨然有恺撒的风度,他们每时每刻都需要决定是否跨过鲁比孔河②。甚至在赌博中,赌徒也有全权决定自己冒不冒风险。有时他敢下赌注,不管风险有多大,有时他不下注,不管希望有多大。他自己管理自己,他是君主。欲望和恐惧在普通事务中

---

① 一种牌戏。
② 鲁比孔河在古罗马时代是高卢与意大利的分界线。公元前49年恺撒违背大将不得领兵越出他所派驻的行省的法律,率领渡过此河进入意大利。此举等于向元老院宣战。"跨过鲁比孔河"现指下定决心后采取的行动。

给我们不合时宜的劝告,但在赌博时,因为人们根本不可能预测,它们也就起不到劝告作用。所以赌博是骄傲者的情欲。那些甘心遵守某些规则而赢钱的人不能想象玩巴卡拉①的乐趣,但是如果他们去试一下,他们至少会在片刻之间体验权力带来的陶醉。

任何职业令人喜欢的程度取决于从业者驾驭局面的程度;任何职业令人不快的程度取决于从业者服从规则的程度。有轨电车司机不如公共汽车司机幸福。单独、自由地行猎带来强烈的快乐,因为猎人自己制订计划,执行或改变这个计划,不需要向任何人汇报情况和说明理由。与之相比,当着把猎物赶到你跟前的助手的面杀死这头猎物给你带来的乐趣就小得多了。所以,说人寻找快乐躲避劳苦是不准确的。人厌烦送上门来的快乐,喜欢自己争取到的快乐;他喜欢行动和征服胜过一切。人不喜欢静止不动,消极忍受,与其快乐而不行动,他宁可行动而劳苦。爱发怪论的第欧根尼说过,劳苦是件好事。他指的是自己选择、要求的劳苦,因为谁也不喜欢别人强加给他的劳苦。

登山运动员发挥自己的力量并向自己证明自己的力量;他

---

① 一种牌戏,全凭运气输赢。

感到这股力量，同时想到这股力量。这一高级的快乐照亮了他周围的冰雪世界。但是被电车送到一座著名的山峰顶上的人在那里见到的太阳，却有别于登山运动员见到的。所以快乐的前景其实在欺骗我们。它以两种方式欺骗我们：我们实际得到的快乐总不及这一快乐在我们还没有得到它时许诺给我们的；相反，行动的快乐总是大于它给我们的许诺。

运动员锻炼是为了能在竞技时获得奖赏，但是他通过自己取得的进步和战胜的困难当场得到另一种奖赏，而且这后一种奖赏就在他身上，取决于他自身。懒汉绝对不能想象这一点，因为他只看到劳苦和竞技场上的奖赏。他反复比较两者的分量，做不出决定，而这个时候运动员已经起来锻炼了。由于昨天的活动已为今天的锻炼做好准备，他一上场就能充分发挥他的意志和力量。所以只有工作才是愉快的。

但是懒汉不懂这个道理或者不可能懂。如果他听人说到或者回忆起这种情况，他也不能相信。所以我们若指望得到什么快乐，结果总不会得到那么多，而且随即产生厌烦。当人这头会思想的动物感到厌烦时，他生气的时刻也就不远了。不过我以为当奴仆感到的厌烦不如当主人感到的厌烦厉害，因为奴仆要行动，不管行动多么单调，他总要加以控制并多少有所创新。然而主人得到的快乐都是现成的，因此他自然变得凶恶。

所以富人虽然统治别人,却脾气很坏,性情忧郁。劳动者的弱点在于他们实际上的高兴程度高于他们愿意感到的。

1922 年 11 月 30 日

43
自私者

奥古斯德·孔德①指出,西方各种宗教的错误之一,在于认定人永远是自私的,无法改变,除非得到神佑。这一想法败坏了一切,连献身精神也受到怀疑。普遍流行一种说法,甚至思想独立不羁的人士中也不乏持这种古怪见解的,即认为牺牲自己的人实际上也在寻求某种快乐,"有的爱战争,有的爱正义;我爱杯中物"。

事实上,我们应该看到人们普遍喜爱的与其说是快乐,不如说是行动。年轻人的游戏证明了这一点。一场球赛无非是你推我挤,拳打脚踢;最后大家落得身上青一块紫一块,缠满纱

---

① 孔德(1798—1857),法国实证主义哲学家。

布。但是这一切却被人们热烈地追求,事后牢牢保存在记忆里。每当回想起这些场面,人们不禁心驰神往,脚心已经发痒。在游戏里人们喜欢的是那种豪迈的感情,为此人们不惜挨打,不怕痛苦与疲劳。对于战争也应该这么看。战争是一场出色的游戏,在战争中表现更多的不是残忍而是豪迈,因为使战争显得特别丑恶的事情本是战前准备战争的奴役制度和战后的奴役。简单说,战争造成的混乱在于最优秀的人死于战场,而最狡猾的人在战争中找到机会统治别人,践踏正义。不过出于本能的判断在这个问题上又一次误入歧途,台卢莱德①那样的好人上了当还觉得怪受用的。

这一切大可研究,自私者徒然嘲笑别人,他认为豪迈的感情敌不过人们关于自身快乐或痛苦的计较。"你们喜爱光荣,而且是为了别人才去追求光荣,实在愚不可及!"天主教的才子巴斯卡写过:"为了流芳百世,人会高高兴兴地赴死。"这句话,貌似深刻,其实不然。同一个人曾嘲笑那位猎人,他费尽心机和精力才逮住一只野兔,但是如果有人白送他一只野兔,他却不会接受。神学偏见如此根深蒂固,以致有些人看不到人更喜爱的不是快乐,而是行动,喜欢有规律的、守纪律的行动甚至其他行

---

① 保尔·台卢莱德(1846—1914),法国作家、政治家,普法战争后大力鼓吹复仇。

动,喜欢以正义为目的的行动高于一切。当然人从行动中得到极大的快乐,但是错误的见解却认为行动以追逐快乐为目的;因为快乐伴随着行动。爱的快乐使人忘却了对快乐的爱。人作为大地之子,狗与马的神,他的生性如此。

  自私者由于判断错误,错过了命运提供的机会。他只有看到快乐唾手可得的时候才肯伸手去取,但是他这样就放过了真正的快乐,因为真正的快乐需要人们首先付出艰辛的代价。因此,当自私者审慎地计较得失的时候,他首先考虑的总是避免痛苦;他的恐惧总是战胜他的希望。结果自私者认为疾痛、衰老、死亡都是不可避免的。他的绝望证明他其实并不了解自己。

1913 年 2 月 5 日

44

国王活腻烦了

活得不那么顺当,走的路不那么平坦,其实倒是好事。我可怜当国王的人,如果他们只要提出愿望就能得到满足;而神仙——如果真有神仙的话——想必多少有点神经衰弱。书上说,古时候神仙化身为旅行者,到下界来敲凡人家的门。他们一定由于体验到饥渴和爱情的冲动而感到些许幸福。不过一旦他们想到自己的神力,他们就会对自己说,这一切不过是闹着玩,只要愿意,他们就可以取消时间和空间,从而消灭自己的欲望。归根结底他们感到厌烦,想必从那个时候起他们统统上吊或者投水自尽了,要不他们就像睡美人那样长眠不醒了。幸福总包含某种不安,某种情欲,少许使我们振奋的痛苦。

通常人们通过想象得到的幸福大于从实际的财富得到的

幸福。这是因为,当人们拥有实际的财富的时候,人们以为一切已成定局,于是人们不再奔跑,而是坐下来了。有两种财富:一种财富使人们坐下来并且感到厌烦;另一种讨人喜欢的财富,像农民得到一块觊觎已久的土地,要求人们继续出谋划策,继续劳作。因为人们喜欢的是力量,是行动中的力量,而不是处于休止状态的力量。什么也不做的人什么也不爱。你给他端上现成的幸福,他会像没有食欲的病人一样掉头不理。

又比如说,与听音乐比,我们更喜欢自己演奏音乐。我们喜欢的正是困难。所以每逢路上出现障碍,我们就精神倍增。谁愿意要不费力气赢得的奥林匹克桂冠?没有人想要。谁还愿意打牌,如果他永远只赢不输?从前有个国王常和朝臣打牌,他输了就会生气,朝臣们很了解这一点。自从朝臣们学会应该怎样出牌以后,国王从此不输,以后他就不爱打牌了。国王行猎,猎物会自己跑到他面前来,鹿子也和朝臣一样讨他的好。

我认识不少国王,他们都是小国之君,统治一个家庭。他们备受爱护、奉承,别人对他们照料唯恐不及。他们无须表达什么愿望,人们会力图猜出他们的思想,以便先意承旨。但是这类小型的朱庇特[①]不管一切仍要大发雷霆,他们制造一些障碍,异想

[①] 罗马神话中的主神,司雷电。

天开,派给自己一些古怪的愿望,如一月的太阳一般变幻莫测;他们不惜任何代价要求自己有所要求,从厌烦变成怪诞。如果古代的神仙没有因厌烦而死,我但愿他们不让你做这类小国之君;我希望他们让你骑在一头安达卢西亚①产的驴子上。这种驴子的眼睛像井一样深沉,前额像铁砧一样平坦,它们走着走着会突然停步,因为它们在路上看到自己耳朵的影子,感到害怕。

1908 年 1 月 22 日

---

① 西班牙地名。

45
亚里士多德

　　愉快的实质是积极去做,而不是消极承受。但是因为人只要把糖果含在口中,任其溶化,便能得到小小的快乐,许多人就想以同样的方式品尝幸福,结果他们无不失望。如果人们只是听音乐,而不是自己去唱歌,那么人们从音乐得到的快乐也就有限得很;一位聪明人因此说他不是用耳朵,而是用咽喉品尝音乐的。美丽的图画带给我们的快乐也是一种静止的快乐。如果人们不亲自去画,不亲手建立自己的收藏,老是鉴赏美丽的图画不足以使我们遗忘其他一切。一旦我们自己作画或搜集藏品,我们不仅在鉴赏,我们还在寻求、征服。

　　人们去看戏,但是他们在剧场里感到厌烦的程度超过他们愿意承认的。为了不生厌烦,就必须发明新花样,至少要表演,而表演也是发明。我们都记得社交界的余兴节目,演员本人其乐无穷。有几个星期我曾感到很幸福,那时我只想到一场木偶戏。不过应该告诉你,是我自己用小刀把树根雕成木偶戏中的人物:放高利贷者、军人、天真烂漫的少女、老太婆。别人为这些木偶缝制服装。我不知道观众对这场戏有什么看法。批评是他们的权利。批评给批评者带来的乐趣与创造者的乐趣相比就小得多了,但是只要批评者有所发明,那么他们总算也有乐趣。打牌的人不断发明新招,改变机械性的牌路。不必去问一个不解游戏的人他是否喜爱游戏。政治不会令人生厌的,只要人们掌握游戏规则。但是游戏规则需要学习;我们必须学会幸福。

  人们常说幸福永远躲避我们。对于现成的幸福可以这么说,因为根本没有现成的幸福。但是人们自己创造的幸福绝不令人失望。学习是幸福,而人们总在学习。人们知道得越多,学习的能力就越大。所以当个拉丁语学者其乐无穷:这个乐趣没有尽头;学问越高,乐趣越大。当音乐家同样其乐无穷。亚里士多德有一句惊人之语,他说真正的音乐家是乐于搞政治的人。"快乐是权力的标志。"这位令人惊诧的天才曾遭到无数次徒劳的攻击:如果我们想理解他,应该从这句话着手。任何行动取得真正进步的标志是人们懂得从中得到乐趣。由此可见,工作是唯一美妙的事情,人生有了它就足够充实了。我指的是自由的工作，这既是力量的效果，又是力量的源泉。再说一遍，不要消极承受，要积极去做。

我们都见过建筑工人用业余时间为自己造一座小房子。应该去观看他们怎样选择每一块石头。任何职业都包含这种乐趣，因为工人永远在发明、学习。但是，如果工人分享不到他创造的事业，如果他老是重复相同的动作，不占有他的劳动成果，不使用他的产品以便继续学习，那么不仅机械化操作会给工人带来厌倦感，而且社会上也会出现混乱。相反，农民是幸福的，因为他顺序进行不同的劳动，他的每一个成功都预告着下一个成功；当然我指的是自由的、自己做主的农民。但是由于人们误以为可以得到现成的幸福，大家便对这种需要以劳苦做代价的幸福感到不可理解。其实，第欧根尼说得好，劳苦是件好事。但是人们的思想不乐意接受这个矛盾，人们应该克服这个矛盾。如果克服这个矛盾也是一件劳苦，人们应该从这个劳苦中取得快乐。

1924 年 9 月 15 日

46
幸福的农人

工作既是最好的,又是最坏的事情:如果工作是自由的,它便是最好的;如果工作是奴役的,它便是最坏的。我说的自由的工作,至少应该是劳动者根据他自己的知识和经验调节的工作,如木匠做一扇门。但是,如果木匠做的门是给自己用的,情况又不同了,因为这样一来做门这个经验便能从未来得到验证。木匠可以看到木料接受实际使用中的考验,他的目光将因发现一条他预见会出现的裂缝而欣悦。我们不应忘记,智力的功能如果不用于做门,它就会制造烦恼。一个人如果能亲眼看到自己劳动的结果,并且继续做下去,而且除了劳动对象本身不再有别的主人,那么这个人便是幸福的。至于劳动对象给他的教训,他一定牢记不忘。如果人们不是做一扇门,而是建造一条自己驾驶的船,那么他们得到的幸福更大。舵轮的每一下操作都会唤起他们熟悉的回忆,而且他们在设计、制造时最细微的用心也无不在航行中得到验证。我们有时在城市郊区看到工人利用手头的材料和空闲时间逐渐建造起自己的住宅,他们比居住王宫的君主还要幸福。君主真正的幸福在于让别人按照他的设计建造宫殿,但是那个亲自动手安装门上插销的人尤其幸福。正是劳苦带来的快乐。与其做一项平易但是听命于人的工作,任何人都更愿意去做艰难但是允许他随意创新和出错的工作。最坏的工作是上级随时来打扰或者命令中止的工作。最不幸的人是干杂活的保姆,主人一会儿叫她切菜,一会儿叫她擦地板。但是最能干的保姆会取得安排工作的自主权,这样她们也能为自己创造一种幸福。

因此,一旦人们耕种属于自己的土地,便是最愉快的工作。农夫不停地从眼前的工作想到未来的成果,从工作的开始想到工作的继续。他经常想到的不是将要赚到的钱,而是被人用劳动打扮起来的土地。驾着大车在自己铺设的石子路上自在行走是无上的乐趣。如果农人得到保证能永远耕种同一面山坡,他可以不计较得益的多寡。所以固定在土地上劳作的农奴受奴役的程度低于别的农奴。任何一种奴役都不难忍受,只要被役使的人有权安排自己的劳动,确信这一劳动是延续进行的。根据这些规则,我们很容易得到很好的服务,甚至以别人的劳动为生。只不过主人会感到厌烦,于是他就去赌钱,去追逐声色。每次破坏社会秩序的总是厌烦情绪和由它引起的疯狂举动。

今天的人与哥特人、法兰克人、阿勒曼尼人和历史上其他专事劫掠的部落实质上没有多大区别。所不同的是,今人不感到厌烦。如果他们从早到晚根据自己的意志工作,他们是不会感到厌烦的。所以,大多数人从事农业,有厌烦情绪的人的骚动就会变得像睫毛闪动一样微不足道。但是需要承认,批量生产不能起到与农业相同的作用。应该把工业与农业结合起来,就像人们使葡萄与榆树相结合一样。任何工厂都设在乡下,每个工厂都有一块属于自己的土地,亲自耕作。这一新萨朗特①将用持重纠正忙乱。我们在铁路扳道工的小花圃中看到这类性质的尝试:鲜花在交通繁忙的铁道两旁开放,其执拗不亚于在石板缝里生长的野草。

1922 年 8 月 28 日

---

① 萨朗特本是古意大利一座城市,法国作家费奈龙(1651—1715)把它描写成一个理想国,从此它成为乌托邦的代称。

47
劳作

陀思妥耶夫斯基①在《死屋手记》中让我们看到苦役犯的真实心理活动。各种奢侈的虚伪——如果可以说有些虚伪具有奢侈性,是多余的——统统去掉以后,虽说还剩下一些必要的虚伪,人的本性有时还是显现出来了。

苦役犯服劳役,他们的劳动往往是无益的。比如说在木材俯拾即是、根本不值钱的地区,人们要求他们去拆毁一条旧船,回收木料。他们知道这一点,所以当他们一天又一天做这项工作时,谁也不肯出力,个个满脸愁容,动作笨拙。但是,如果人们

---

① 陀思妥耶夫斯基(1821—1881),俄国作家。

限他们当天完成某一艰巨的任务,他们立刻变得机敏、快乐。如果这项任务确实有益,比如扫雪,他们会干得更加起劲。不过我们应该去读原书里那些令人惊讶的篇章,那里有不加评论的真实描写。我们看到,有用的工作本身就是一桩乐趣;乐趣在于工作本身,而不在于人们从中得到的好处。比如说,他们麻利地、快活地做某一工作,因为完工之后可以休息,或者想到有可能多休息半小时,大家就齐心协力加油干。不过这个问题一旦提出,问题本身就使他们高兴。他们从发明、实现,从把愿望付诸实践获得的乐趣大于他们预期从增加半小时的休息得到的乐趣,因为这半个小时说到底仍是在苦役场度过的。我甚至认为,如果说这半个小时还过得去,那正是因为人们可以用来回忆刚才从事的紧张劳动。人最大的乐趣必定在于合作完成一项艰难、自由的工作,游戏可以证明这一点。

有些教育家教育出来的儿童终生懒散,只因为他们要求儿童的全部时间都用于学习。在这种情况下儿童就习惯于慢吞吞干活,也就是说干得很糟,结果是他在干活时始终感到有一种无法消除的疲劳。相反,如果你把工作和疲劳分开,两者都会成为愉快的事情。令人提不起精神的工作如同人们仅为了活动筋骨和呼吸新鲜空气而出去散步,一路上人们总感到疲劳,回到家又不疲劳了。可是在最艰苦的工作中人们却感到轻快,不知疲倦。工作之余人们享受到完美的宽松感觉，最后获得香甜的睡眠。

1911 年 11 月 6 日

48
事业

一项事业已经开始,就比从事这一事业的动机更有说服力。人们徒然有强烈的合作动机,但是可以一辈子反复掂量这些动机却不去合作。正在成长的合作事业召唤创始者继续干下去;任何工程的待建部分都是促使我们完成这一工程的理由。谁能在昨天的工作中看到他自己的意志的印记,谁便是幸福的。

据说人总在追求某一财富,但是我看到他们面对一个合理的目的却懒得动手,他们的想象力没有足够的力量使他们对一件在世界上未露端倪的事业产生兴趣。所以我们面前虽然有那么多我们认为是好的事业,我们就是不去做。想象力捉弄我们的手段不止一种,但是我们感到失望主要是因为它让我们立时感到一种骚动,我们以为这种骚动预告着未来,其实这不过是一场没有结果的运动。骚动总是着眼于现在,而计划总是面向将来的。所以懒汉爱说"我准备去做",而脚踏实地的人应该说"我正在做",因为行动孕育着未来。未来是不可预见的,事业的未来也是如此,因为一项事业为我们披露的未来绝不是我们设想的那个样子,总比我们设想的要美。不过谁也不相信这一点,而且空想家们反复声称他们的计划比别人已经完成的事业还要美。

请看那些忙碌而幸福的人吧。他们忙于一项已经开始的事业,这可以是经营一家正在发展的食品杂货店,也可以是收集邮票。人人知道一项事业一旦开始,总是有意义的。我看到他们大家厌倦想象,专心致志地注意从什么地方出发可以扩展他们的事业。一件刺绣活刚开始时不怎么讨人喜欢,但是随着绣出的部分越来越多,刺绣者完成它的愿望就愈益强烈。因此信念是第一条美德,希望只占第二位。我们开始干一项事业时,不必抱任何希望,随着事业的进展,希望自己会来的。现实的计划只会产生于事业进行过程中。我不相信米开朗基罗动手画画之前已经想好了他要画的形象,因为他在不得不画画时,说过这样一句话:"我不是干这一行的。"不过他动手画起来,于是一个又一个形象向他显现。这才叫画画,我指的是发现自己正在做什么。

　　人们常说幸福像影子一样躲避我们，我们确实永远得不到想象中的幸福。实干的幸福绝不是想象出来的，也不可能想象。这种幸福只是实质没有外形，我们不能构想它的形象。作家们都知道，题材本身无美丑之分。我想更进一步说，应该对美的题材存戒心，应该立即接近题材，投入题材之中，以便放下希望，树立信念。有破才有立。懂得这个道理，就能明白为什么一部小说和作为小说素材的真实历险故事之间有那么大的差别。画家啊，不要为了欣赏模特儿的倩笑而忘了你的画笔。

1922 年 11 月 29 日

49
向远处看

对于忧郁者,我只有一句话要说:"向远处看。"忧郁者几乎都是读书太多的人。人眼的构造不适应近距离的书本,目光需要在广阔的空间得到休息。当你仰望星空或眺望海天相交处的时候,你的眼睛完全放松了。如果眼睛放松了,头脑便是自由的,而步伐就更加稳健,那么你的全身上下,包括内脏,无不变得轻松、灵活,但是你不必尝试用意志的力量达到放松全身的目的。当意志专注于自身的时候,效果适得其反,最终会使你十分紧张。不要想你自己!向远处看。

忧郁确实是一种病,医生有时能猜到病因,开出药方。但是服药以后需要注意药力在体内的作用,还要遵守饮食规定,而你在这方面花费的心思正好抵消药力的效果。所以高明的医生会叫你去请教哲学家。但是你在哲学家那里又找到了什么呢?一个读书太多,思想上患近视症的人比你还要忧郁。

国家应该像开办医学院一样开办智慧学院,在这种学校里教授真知:静观万物,体会与世界一样博大的诗意。由于人眼的构造上的特点,广阔的视野能使眼睛得到休息,这就为我们揭示一个重要的真理:思想应解放肉体,把肉体交还给宇宙——我们真正的故乡。我们作为人的命运与我们的身体的功能有很深的联系。只要周围的事物不去打扰它,动物就躺下来睡觉,一睡就着。同样情况下,人却在思想。他的思想使他的痛苦和需要倍增;他用恐惧和希望折磨自己。于是在想象力的作用下他的身体不断绷紧,无休止地骚动,时而冲动,时而克制;他总在怀疑,总在窥伺周围的人和物。如果他想摆脱这种状态,他就去读书。书本的天地也是关闭的,而且离他的眼睛,离他的情绪太近。思想变成牢笼,身体受苦。说思想变得狭隘或者说身体自己折磨自己,其实是一回事。野心家做一千次相同的演说,情人做一千次祈祷。如果人们想使身体舒适,那么应该让思想旅行、游观。

学问能引导我们达到这个境界,只要这种学问没有野心,不饶舌,不急躁,只要它把我们从书本上领开,把我们的目光引向遥远的空间。这种学问应是感知和旅行。当你发现事物之间的真正关系时,一件事物能把你引向另一件事物,引向成千上万种别的事物，这种联系像一条湍急的河流把你的思想带向风，带向云，带向星球。真知绝不限于你眼皮底下的某一件小事；这是理解最小的事物怎样与整体相联系。任何一件东西的存在理由都不在它本身，所以正确的运动使我们离开我们自身，这对我们的身体和我们的眼睛同样有益。通过这种运动，你的思想在宇宙中得到休息，而整个宇宙才是思想的真正领域。思想同时与你身体的生命取得协调，而人体的生命也是与其他一切东西相联系的。基督徒爱说"我的故乡在天上"，他无意中道出一个重要的真理。向远处看吧。

1911 年 5 月 15 日

50
旅行

　　时值假期,世界上到处都是从一地赶到另一地的旅客;他们显然想在很少的时间内看到很多东西。如果这是为了丰富话题,这样做再好不过了,因为提到许多地名足佐谈资,可以占据谈话时间。但是,如果他们旅行是为了自己,为了真正多看到一些东西,我就不理解他们了。人们走马看花看到的东西差别不大。一道山涧不过是一道山涧。以高速度周游世界的人,倦游归来的脑子里保存的记忆不比他出发时丰富多少。

　　事物的丰富多彩体现于它们的细部。观看事物,这应是浏览各个细部,在每一细部上都稍作停留,然后重新用一瞥把握整体。我不知道别人能否很快做完上面这些事情,然后赶往另一个目标。我肯定做不到。卢昂①的居民是幸福的,因为他们每天可以对一件美丽的东西望上一眼,比如说他们可以像欣赏挂在家里的一幅画一样欣赏圣图昂大教堂。

反之,如果人们参观一次某博物馆或某旅游地点,事后留下的印象几乎总是一片模糊,好像一幅线条不分明的灰色画。按我的趣味,旅行应是一次只走一两米路,不时停下来再次察看同一事物呈现的新面貌。我经常离开正道,到左边或右边小坐片刻。观察的角度一变,一切跟着变化,而得到的收益则胜过走一百公里路。

如果我从一条山涧走向另一条山涧,我找到的总是同一条山涧。如果我从一块岩石走向另一块岩石,我每走一步同一条山涧会显示不同的面貌。如果我回到一件已经见过的东西上去,这件东西果真会比一件新的东西更加打动我,而且它确实变成一件新的东西了。问题仅在于选择一种丰富多彩的景色,以免因为习以为常而无动于衷。不过进一步应该说,随着人们学会更好地观察事物,平淡无奇的景色也会蕴藏无穷的快乐。再进一步说,无论什么地方,人们都可以看到星空,这个美丽的深渊。

1906 年 8 月 29 日

---

① 法国历史名城,多艺术建筑。

51

慷慨陈词

有时我们在大路上看到一个形销骨立的人在晒太阳,或者拖着艰难的步子向家里走去。此人十分衰老,奄奄一息,我们见了他不由得倒吸一口凉气,赶紧躲开,并且说:"这个人徒具人形,怎么还没有死呢?"可是他本人仍旧眷恋生命;他向日取暖,不愿死去。我们的思想遇到这种事情就像撞到障碍,被碰伤,因而发怒,朝一个错误的方向扑去,很快就走上歧途。

我有一次见到这样的情景,正当我试图用审慎的言辞把自己的思想引上正路的时候,身边一位朋友的目光却闪出地狱里的火光,他急待说出一大篇道理,不由得全身颤抖。他终于爆发了:"世上皆是苦难。身体健康的人害怕疾病和死亡,他们用尽一切方法躲避疾病和死亡,但是他们的恐惧没有因此减少分毫。再看这些病人：他们本应该期待死亡带来解脱，但是却拒绝死去；他们受着已有的病痛还不够，还要加上死的恐惧。你会说：一个人生命垂危，病痛已经变得如此难以忍受时，怎么还怕死呢？但是你看，一个人是可以同时憎恨痛苦和死亡的。我们每个人都是这种结局。"

他觉得自己讲的事情再也明显不过了。说实话，只要我愿意，我也会和他一样想的。做一个不幸的人并不难，难在做一个幸福的人。俗话说世上一切美丽的事情都是艰难的。幸福固然不容易，但我们不能因此就不去努力使自己幸福。

像我的朋友那番滔滔不绝的不祥言辞，表面上不容反驳，其实不成道理，我应该小心提防上当。我曾不止一次为自己证明自己陷于不可挽回的不幸。原因何在？为了伺候一个女人的眼色。她的眼睛可能受到强光的照射，或者只是疲倦了，也可能天上飘过一朵云，使她的目光变得阴郁。使我自感不幸的原因最多不过是某一狭隘的想法，某种烦躁情绪，或者根据别人的脸色和言谈，从虚荣心出发猜测他们对我不以为然。我们每个人都有过这种奇怪的、疯狂的心理活动，一年以后，回想起来自己也会感到好笑。由此我认为，只要我们的思考受到眼泪和接踵而来的啼哭的影响，只要五脏六腑以其运动，肌肉以其猛烈的动作或无益的紧张状态参与我们的思考，那么我们的情绪就会引导我们做出错误的推理。天真的人每次都会上当,但是我知道这只是一瞬间的不良冲动。我要立即克制这一冲动,我知道我做得到,只要我不像那位朋友一样慷慨陈词就行了。我知道自己的声音对自己有多大威力,因此我要心平气和地跟自己说话,不要学悲剧演员的腔调。

以上是有关语气的问题。我也知道疾病和死亡是普遍的、自然的事情,拒不接受疾病和死亡一定是一种错误的、违背人的本性的思想。我以为一种正确的、符合人的本性的思想应该以某种方式与人的状况和事物的变动相适应。因此,我有足够的理由不去没头没脑地怨天尤人,抱怨激起郁怒,而郁怒又使我们更加抱怨。这就形成一个地狱里的怪圈,不过是我自己把自己打入地狱的。

1911 年 9 月 29 日

52
叹恨诉苦

新年来临,我希望诸位在周而复始的一年里,也就是说在太阳升到最高点然后下降到最低点所需要的时间内,不要说也不要想一切越来越糟。人们常叹息世人只知追逐财富和享乐,却不顾义务,年轻人傲慢无礼,盗窃、罪案层出不穷,人欲横流。最后还怪天时不正,冬行春令。这种话头从人类社会形成那一天起就有人在说了。它的意思无非是:"我的胃和兴致都不如年轻时候了。"

如果这只是人们抒发自己感受的一种方式,那么别人也能忍受这些话,就像忍受病人的忧郁一样。但是语言本身有极大的威力,它们使忧郁扩大、膨胀,它们像一件大衣盖在一切事情上。于是结果变成原因,就像儿童把他的小伙伴化装成狮子或熊,后来居然自己也害怕这头假扮的野兽了。

一个人如果出于忧郁的天性,把自己的住房装饰得像一座灵堂,他住在里面必定更加忧郁,因为屋内的一切无不使他黯然神伤。思想上也有同样现象,如果我们由于心情恶劣,认为别人都不怀好意,公共事务每况愈下,我们就这样把画面涂黑以后,结果是使我们自己陷于绝望。最聪明的人往往最容易使自己上当,因为他的慷慨陈词听起来言之成理。

最糟的是,这种毛病好比精神上的霍乱,有传染性。我认识一些人,当着他们的面别人不能说公务员比从前廉洁、勤奋。那些听任自己的情绪摆布的人说起话来口才那么自然,表情那么诚恳,在场的人无不被他们吸引。如果有人站出来说公道话,他不被当作傻瓜,就被看作存心恶作剧,于是在公共场合叹恨诉苦变成规矩,不这样做反而不礼貌。

昨天,一位墙纸裱糊工为了跟我寒暄,天真地说:"春夏秋冬都打乱了,谁还相信现在是冬天?简直和夏天一样,谁也弄不清是怎么一回事!"事实上这一年夏天奇热,他和其他人一样熬过来了,偏偏还要这么说。不过人云亦云的议论比事实更有力量。你正在笑话那位墙纸裱糊工人,不过你也太相信你自己了,因为我们并非对所有的事实都如同对1911年夏天那样记忆犹新。

我的结论是：快乐没有权威性，因为它是年轻人的心情，而忧郁却高踞宝座上，受到过分的尊敬。由此我认为，必须抵抗忧郁。这不仅因为快乐是件好东西——这本身已是一个理由了——更因为我们应该公正，而忧郁总是那么能言善辩，那么锐不可当，从来不要求我们持公正态度。

1912 年 1 月 4 日

53
情绪的说服力

情绪的说服力,几乎每次都让我们上当。我指的是想象力根据我们身体所处的状态——休息得很好或者疲劳,兴奋或者消沉——为我们展示的或忧郁或快乐,或辉煌或凄惨的幻景。于是我们不去寻找、改变真正的原因(这些原因往往琐屑、无关紧要),却去指责不相干的人和事物。

现在正是准备考试的时候,许多考生在灯下复习功课,眼皮发酸,还感到轻微的头痛。这些小毛病,只要好好休息,睡上一觉,就能治愈。但是天真的考生不那么想。他首先看到自己复习的进度太慢,脑子不清楚,像蒙在雾里,而作者们的思想老赖在书本上,不肯进入他的头脑。于是他对考试的艰难犯愁,怀疑自己的能力。透过脑子里这一片愁云惨雾,他回顾过去,发现或者自以为发现自己没有做过什么有用的事情，一切有待重做，学到的知识都不明不白，缺乏条理。再往前看，他想到时间有限，必须赶上进度。最后又埋头去啃书本，其实这时候他本应该上床睡觉。他的病痛使他看不到治疗病痛的方法；正因为他感到疲劳，他反而加倍用功。这就需要斯多噶派深邃的、又由笛卡儿和斯宾诺莎进一步发挥了的智慧。他不应该轻信想象的证据，而应通过思索，猜到这里面是情绪在施展它的说服力，并拒绝上当。这样一来，他的大部分病痛就会烟消云散，因为轻微的头痛和视力疲劳是可以忍受的，而且不会长久，但是绝望却是可怕的，并能自动加剧造成绝望的原因。

这便是情绪为我们设下的陷阱。一个正在发怒的人为自己演一出有声有色的悲剧，他为自己指出他的敌人的全部过错，说明后者怎样行使诡计、精心策划，怎样蔑视他，将来又要怎样对付他。他用自己的怒火来解释对方的一切行动，他的怒火因此有增无减。他好比一位画家画面目狰狞的复仇女神，最后却吓着了自己。就这样，仅仅是心脏和肌肉的剧烈活动就足以使细故变得严重，而由这一细故引起的愠怒就会发作成一场风暴。显然，平息这场动乱的办法绝非逐一回顾自己受到的凌辱和提出责难，因为人在这个时候好像处于某种疯狂状态，想到的一切都是失真的。在这里我们还需要通过思索，猜到又是情绪在施展它的说服力,拒绝上它的当。我们不应该说"这个虚情假意的朋友从来不把我放在眼里",而是说"我此刻情绪激动,看问题不准,判断有误。我不过是一个悲剧演员在为自己念台词"。于是你会看到,由于没有观众,剧场的灯光只得熄灭,原来金碧辉煌的布景变得乌七八糟。这才是真正的智慧,才是使我们避免不公正的有效武器。

1913 年 5 月 14 日

54
关于绝望

某人说:"一个无赖才不会为了那么小的事情去寻短见。"一个正直的人以为自己已丧失名誉,因而自杀,结果那些他以为看不起他的人却痛悼他的轻生。这种事情以前发生过,将来还会发生。眼下这个惨剧将长期保存在我们的记忆里,而我则想知道,为什么一个要求自己公正、明白事理的人虽然克制了某些情绪,却往往抵挡不住另一些情绪的袭击,最后一败涂地。我还想知道,人怎样才能克制绝望心理。

判断形势,提出难题,寻求它的答案,找不到答案,无从着手,像游乐场的回转木马围着同一些想法打转……你说这些事情把我们折磨得够呛,可见人也受到自身的智力的伤害。其实不然。我们首先应该使自己不陷入这一误区。有许多问题我们看不清，但是我们并不因此惴惴不安。一个董事、一个债务清算人、一个法官可以断定某件事毫无希望，或者他们根本不做任何决定，照样吃得香睡得着。理不出头绪的思想之所以伤害我们，并不在于这些思想本身，而在于我们不接受这种紊乱，试图抗争。

或者不妨说，我们希望事情不是它们现在的样子。我认为在任何情绪冲动中，都有一种对于不可改变的定局的反抗。比如，某人若因心爱的女人愚蠢、虚荣或者对他冷淡而痛苦，那是因为他执意要求这个女人不是她现在的样子。同样地，当一个人知道自己的破产不可避免时，在情绪作用下，他仍旧怀有希望，在某种程度上命令思想一次又一次重复同样的思路，企图找出某一能通向别的地方的分岔点。但是路已经走完了，人们正好处于这段路程的终点。在时间的道路上，人们既不能后退，也不能在同一条路上走两遍。所以我认为，性格坚定的人告诉自己他已走到了什么地方，面对怎样的事实，哪些失误是不可挽回的；从这一点出发，他走向未来。不过做到这一点并不容易，先要在小事情上训练自己。没有这种训练，情绪就像一头关在笼子里的猛兽，连续几小时在铁栅栏后徘徊，好像它走到笼子的一头，看不到出路时，还在希望自己没有仔细端详另一头，似乎另一头可能给它出路。总之，这种由回顾过去产生忧愁毫无用处，甚至大有害处，因为它让我们徒劳无功地思索、寻找。斯宾诺莎说后悔是第二次犯错误。

那个忧愁的人如果读过斯宾诺莎的书，会这么说："假如我是忧郁的，我总不能使自己快活起来：这取决于我的情绪，我的身体疲劳程度，我的年龄和当时的天气。"说得好。请你对自己这么说，认真地说。把忧郁打发到它真正的原因那一边去，我认为这样做你那些阴郁的想法就会像风卷残云一般驱散。大地上充满痛苦，但是天空将是晴朗的。这就是说我们多少赢得了一些东西。你把忧郁打发回身体内部，于是你的思想就被打扫干净。或者说，你的思想给忧郁添上翅膀，使它翱翔，而我的思维，如果它对准目标，却能折断这对翅膀，于是我的忧伤只能在地上爬行，它仍旧在我脚下，但是不复在我眼前。不过糟糕的是，我们总愿意自己的忧伤展翅高飞。

1911 年 10 月 31 日

55
关于怜悯

有一种善意使生活蒙上阴云,有一种善意实质上是忧郁:这便是人们通常说的怜悯心,人类的灾祸之一。有一男子日益消瘦,大家都认为他患了结核病。且看一位好心肠的妇女是怎么跟他说话的。她噙着泪花的双目和颤抖的声音,都表明此人病入膏肓。但是这个可怜的人并不生气,他像忍受自己的疾病一样忍受别人对他的怜悯。事情总是这样的。每个人都来为他添忧加愁,每个人都来唱一遍相同的调子:"看到你身体那么坏,我心里很难过。"

另一些人比较懂事,他们讲话比较审慎。他们想给对方打气:"要有信心!等到天气好起来,你就能下地了。"可是他们的表情跟他们说的话不合拍。即便表情上只有微小的变化,病人也会觉察的。他偷偷发现的目光比他听到的全部言辞更说明问题。

那么应该怎么办呢?应该不为对方难过,应该抱着希望,我们只有自己怀着希望的时候,才能把希望带给别人。应该信赖人的本性的力量,乐观地看待未来,相信生命将战胜疾病。这样做其实比人们以为的要容易,因为这是符合自然的。所有活着的人都相信生命必将胜利,否则他们马上就会死去。这一生命力使你很快就把那个可怜的病人忘得一干二净,而你需要给他的正是这种生命力。就是说,你不应该过分怜悯他。这不等于表示冷酷、无动于衷,而是向他表示一种快乐的友情。谁也不喜欢成为别人怜悯的对象。如果一个病人看到他自己没有浇灭一个健康人兴高采烈的劲头,那么他自己会得到力量和安慰。信心是一剂奇妙的灵药。

我们受宗教的毒害太深,我们习惯于看到教士们窥伺人类的弱点和痛苦,以便用说教结果垂死者的性命,同时引起活人的深思。我讨厌这种殡仪馆里的口才。说教的内容应该是生命,不是死亡;应该传播希望,不是恐惧;应该普遍培养快乐,人类真正的财宝。这既是大智者的秘密所在,也是未来的光明。恶劣情绪产生忧郁,仇恨亦然。快乐将杀死恶劣情绪和仇恨。但是我们首先应该告诉自己:忧郁从来不是什么高尚、美丽、有用的东西。

1909 年 10 月 5 日

56

别人的痛苦

记得是拉罗什福戈这位道德家说过:"人们总有足够的力量忍受别人的痛苦。"他这么说不为无理,但是只对了一半。更值得我们注意的,是我们总有足够的力量忍受自己的痛苦。再说我们必须这么做。遇上必然发生的事情时,我们是逃不掉的。我们要么死去,要么设法活下去。大部分人采取后一种办法。生命的力量令人赞叹。

以遭受水灾者为例,他们尽力适应新的环境。他们不在跳板上呻吟,而是把脚踩上去。被安排住在学校和其他公共场所的灾民想尽一切方法使自己住得舒服一点,他们吃得香,睡得也熟。打过仗的人谈起自己的经历时也有类似的体验。战场上最大的困苦不在战事本身,而是人们脚上太冷。人们不想别的,只盼生一堆火；一旦有办法取暖，人们便心满意足了。

我们甚至可以说，生活越是艰难，人们就越能吃苦耐劳，越能享受乐趣。这是因为我们的预见能力顾不及预测一些只是可能发生的困苦，我们的注意力都用在应付眼前必须处理的事情上了。鲁宾逊直要等到造好了他的房子以后才开始怀念故乡。正是由于这个原因，有钱人喜欢打猎。在打猎时经历的困苦和快乐都是近在眼前的，比如脚痛或者美餐一顿。行动带走一切，使一切都连贯起来。一个人若把全部注意力都用来做一件艰难的工作，这个人便是十分幸福的。一个人若想着自己的过去和未来，他便不可能是完全幸福的。当我们肩负着客观事物的重荷时，我们只有两种选择：不是做一个幸福的人就是死去。但是，当我们惴惴不安地背着自身的包袱时，一切道路都变得难走了。过去和未来阻碍我们前进。

总之，不应该想着自己。有趣的是，往往是别人在谈论他们自己的时候使我想到我自己。在一起行动总是好的。在一起为说话而说话，在一起诉苦、埋怨，这却是世上最大的灾祸之一。且不说人的脸部表情特别生动，能够唤起客观事物本来已使我们忘却的一些忧愁。我们仅在社交场合才老想着自己，因为在这种场合个人与个人相互撞击，用语言，用眼神，用博爱的心灵互相应答。一个人的抱怨引起一千个人的抱怨；一个人的恐惧引起一千个人的恐惧。整个羊群追随一头绵羊奔逃。所以一颗善感的心多少总有点悲观。做朋友的应该想到这一类事情。一个善感的人如果为了提防别人对自己的影响而寻求孤独,把这样的人称作自私者是不恰当的。一个人难以忍受在友人脸上见到不安、忧伤和痛苦时,这个人怎么也不能说是铁石心肠。我们甚至怀疑,有些人乐意与别人的不幸为伍,他们是否更注意自己的痛苦,或者他们有更大的勇气承担痛苦,要不就是他们对痛苦冷漠置之。上面提到的那位道德家只不过说了一句聪明话罢了,别人的痛苦也是我们难以忍受的。

1910 年 3 月 23 日

57 安慰

　　幸福和不幸都无法想象。我说的不是狭义的快乐,也不是风湿痛、牙痛、宗教裁判所的刑罚这一类痛苦。对于这一类快乐和痛苦,我们找到原因就可以了解它的程度,因为什么原因产生什么效果是一定的。比如说,如果开水烫了我的手,我被汽车撞倒或者我的手夹在门缝里,我大致上可以估计我的痛苦的程度,或者估计别人在同样情况下感受的痛苦。

　　但是幸福和不幸取决于人们看法上的差异。在这个问题上,无论对于自己还是对于别人,我们什么也预料不到,什么也不能想象,一切取决于思路。但是我们的思想不由我们做主。进一步说,我们可以摆脱掉一些不愉快的想法却不知道这个过程是怎样完成的。比如说,看戏吸引了我们全部注意力,使我们无暇顾及别的事情。但是,如果我们注意到使戏剧产生如此强大的力量的原因——无非是一块布景,一个大叫大嚷的男子,一个假装哭泣的女子——我们会觉得这些原因很可怜,因而这种力量其实很可笑。不过这些做作还是会引出你的眼泪,真正的眼泪。在一瞬间,只因为一个演员不见得高明地朗诵台词,你就把所有人的全部苦难承担起来。到下一瞬间,你又随同剧中人出门旅行,把你自己和所有的苦难都抛到九霄云外。忧伤和安慰像小鸟一样降落又飞走。我们为此脸红,会像孟德斯鸠[①]一样不好意思。他说过:"我只消读一小时书,便没有不能排遣的忧愁。"这是很清楚的:如果人们认真读书,必定完全被书本吸引。

一个坐囚车上断头台的人当然值得怜悯。但是,如果他此时想着别的事情,他在囚车里不见得比我现在在书房里不幸。如果他计算路程拐弯的次数和车身颠簸的次数,他就想着拐弯和颠簸。他远远看到一张告示,如果他想读出告示的内容,他最后时刻的心思就有所专注。关于生命的最后时刻,我们了解什么呢?那位上断头台的人又知道什么呢?

我有一位同学差点没淹死,他为我讲述了自己的经历。他一脚踩空,掉入码头和一条船中间的水面,在船底下待了一会

[①] 孟德斯鸠(1686—1755),法国启蒙思想家。

儿。人们把他拉出来时,他已失去知觉。可以说他是从死神那里回来的。他回忆说,他掉进水里后眼睛是睁开的,看见一条缆绳在前面漂浮。他当时想自己本可以抓住这条缆绳,但是他没有这个愿望。绿色的水和漂浮的缆绳的视觉形象占据了他的全部思想,据他说这就是他的生命的最后时刻。

1910 年 1 月 26 日

58
纪念死者

　　纪念死者是一个好的习俗。亡灵节的日子定得很合适①,有些明显的迹象表明,那时太阳正离我们远去。枯萎的花,踩在脚下的红色、黄色落叶,漫长的夜,像晚上一样无精打采的白昼,这一切都使人想到疲劳、休息、睡眠、过去。一年的尽头好像一日之暮,也像一生之终。由于剩下的只是黑夜和睡眠,人的思想自然回到做过的事情上去,人人变成历史学家。所以在习俗、季节和我们的思路之间存在协调。所以许多人在这个季节追忆亡灵,想跟他们说话。

---

① 西方以 11 月 1 日为亡灵节。

但是该怎样召唤亡灵呢?怎样讨他们喜欢呢?尤里西斯[①]请他们享用食物,我们为他们献上鲜花。但是所有奉献起的作用都是把我们的思想引向他们,促成我们与他们的交谈。显然我们要召唤的是死者的思想,不是他们的躯体;同样明显的是,他们的思想就在我们身上沉睡。但是这并不妨碍坟上的鲜花和花圈自有其意义。因为我们的思想不由我们做主,我们遵循的思路主要取决于我们看到、听到、接触到的东西,所以为自己制造某种景象以便产生与这一景象相应的念头,这种做法是很有道理的。宗教仪式的价值正在于此。不过仪式只是手段,不是目的。所以我们上坟与别人望弥撒和念经不一样。

死者没有完全死去,这是很清楚的,因为我们还活着。死者仍在思想、说话、行动,他们可以提出劝告,有所要求,表示赞成、谴责:这都是真的,不过必须听取他们的声音。这一切都活在我们身上。

那么你会说,既然我们不可能遗忘死者,那就用不着想念他们,我们想着自己也就是想着他们了。话是不错,不过我们通常不怎么想着自己,不是实在地、认真地想着自己。我们在自己眼里显得太弱、太没有常性,我们离自己太近,所以在瞻望自己

[①] 荷马史诗《奥德赛》的主人公。

的未来时不容易找到各种事物之间真实的比例关系。请问有哪一位正义之友经常不断地想着他伸张的正义？相反，我们看到死者的真相，因为虔诚心使我们忘掉琐碎的小事。死者向我们提出劝告，这可能是人能完成的最大业绩。正因为死者不复存在，他们才有提出劝告的能力。因为人活着就要对周围世界的冲击做出反应，就得每天不止一次，每小时不止一次忘掉自己发誓遵循的原则。所以想一想死者要求怎么做是很有意义的，请注意听取死者的声音。他们要求在你们身上活下去，他们要求你们的生命发扬光大他们曾经要求完成的事业。所以坟墓把我们引回到生命上去，所以我们的思想快乐地越过即将来临的冬天，一下子跳到明年春天和新生的嫩叶。昨天我去看过那棵即将落叶的丁香树，我在树枝上看到了花蕾。

1907 年 11 月 8 日

59
胡来

喉头发痒的人拼命咳嗽,希望能够减轻痒感。结果适得其反,他们的喉部因此发炎,使他们呼吸不畅,浑身乏力。所以在医院和疗养院里,人们教会病人怎样避免咳嗽。首先,应该尽可能抑制自己的咳嗽欲望,而最有效的办法是在将要咳嗽的那一瞬间咽下一口唾沫,因为吞咽动作正好排除了咳嗽动作。其次,应该做到不因喉部轻微的痒感而感不适或被激怒,只要我们蔑视它,这一痒感自己会平息下来的。

同样地,有些病人喜欢搔挠发痒的皮肤,他们从中得到一种混杂痛苦的快感,事后付出的代价却是加倍的痛苦。与拼命咳嗽的人一样,他们结果只跟自己过不去,这种办法是胡来。

失眠也会造成类似的状况,失眠者的痛苦是他自己加给自己的。不能马上入睡本是自然的,再说躺在床上也很舒服。但是失眠者的脑子活动开了,他对自己说他要睡觉,他努力使自己入睡;正因为他打足精神促使自己入睡,他反而睡不着。要不然他就烦躁,他计算钟点,觉得把宝贵的休息时间白白浪费了实在荒谬,同时他像鲤鱼在草地上打挺一样翻转身子。这也是胡来。

再举一例。人们遇上一件不称心的事情,不管是白天还是夜里,一有可能就想起它。人们把自己的事情当作一部摊开在桌子上的恐怖小说,一有空就拿起来读。这样做等于沉湎在自己的忧愁里,以此为乐。人们唯恐遗忘某些细节,一再提醒自己;人们设想一切可能发生的不利情况。总之,人们搔挠自己的痛处。这又是胡来。

失恋者除了自己的不幸,不愿想别的事情。他重温过去的幸福和那位负心人的种种优点,她的背信弃义和不公正。他一个劲儿用鞭子抽打自己。其实,如果他不能去想别的事情,他也应该换一种方式看待自己的不幸。他应该对自己说,那女子生来愚蠢,而且已过妙龄;应该想象那女子变老以后,自己和她一起生活该是什么滋味;还应该审慎地估价过去和她在一起时尝到的快乐,剔除其中属于自己热情冲动的部分;他还可以回忆那些不愉快的片刻,人们在幸福中忽略不计这些不愉快,但在忧愁时它们可以给人带来安慰;最后他可以把注意力集中到她的某一形体特征上,如她的眼睛、鼻子、嘴、手、脚或嗓音不招人喜欢,只要你用心去找,总能找到的。不过我得承认,采取这种治疗方法需要有勇气才行。更方便的做法是投入某一复杂的工作或某一艰难的行动。不过无论如何不应该投入不幸的无底深渊,而应该努力安慰自己。只要你诚心诚意这么去做,你会发现你得到安慰比预期的要快得多。

1911 年 12 月 31 日

60 雨下

我们的不幸已经够多的了,可是偏偏还有人用想象去增添不幸。你每天至少能碰到一个人抱怨他的职业,而他的诉苦总能打动人,因为对于任何事情我们总能挑出毛病,世上没有十全十美的东西。

你是教师,你说你教的一帮青年学生粗鲁野蛮,什么都不懂,又对什么都不感兴趣。你是工程师,你淹没在文件、图表的汪洋大海里。你是律师,你出庭时法官们不听你的辩护词,一味打瞌睡消化胃里的食物。我相信你们说的都是事实,这类事情必定是真的才经常被人说到。如果说,除此之外你有胃病,或者你的皮鞋进水,我就更能理解你了。这些事情足以使人诅咒人生,咒骂别人甚至上帝,假如你相信上帝存在。

但是请你注意,这样抱怨下去将没个完,而忧愁更会引起忧愁。因为,如果你这样抱怨命运,你就增加了自己的不幸,事先剥夺任何能使你轻松发笑的希望,只会加剧你的胃病。假如你有一个朋友总是怨天尤人,你必定会努力劝导他,让他用另一种眼光去看待世界。那么为什么你不能成为你自己的好朋友呢?说真的,我认为人们应该爱一下自己,对自己友好些。一切往往取决于人们最初采取的态度。一位古代作者说过,任何事情都有两端,选择会割破手的那一端不是聪明人的做法。通常称那些在任何事情上都选择效果最好、最能振奋人心的言论的人为哲学家,这正是一语中的。要紧的是为自己辩护,而不是跟自己作对。我们每个人都有出色的辩护才能,只要我们愿意朝这个方向走,我们总能找到使自己高兴的理由。我经常观察到,人们因为一时说漏了嘴或出于礼貌才抱怨自己的职业。如果引导他们讲他们正在做的事情,而不是去讲他们正在承受的事情,他们就会变成兴高采烈的诗人。

下着小雨时你正在街上,你把雨伞打开就够了,犯不着去说:"真见鬼,又下雨了!"你这样说对于雨滴、对于云和风都不起作用。倒不如说:"多好的一场雨啊!"我同意你说的,这句话对雨滴同样不起作用,但是它对你自己有好处。你于是抖一下身子,从而使全身发热。因为最微小的愉快动作也会产生这种效果。

这样,你就不必担心自己会因为淋雨而感冒。

对待别人也可以像对待下雨一样。你说这可不容易,我说不然,这比对待下雨还容易。因为你的微笑对雨水不起作用,对于别人却能起到很大作用。仅仅由于他们效法你的微笑,这就使他们变得不那么忧郁,不那么讨厌。此外,如果你设身处地为他们想,你就不难原谅他们。马可·奥勒利乌斯[①]每天早晨说:"今天我要见到一个追慕虚荣者,一个说谎者,一个处事不公者,一个讨厌的饶舌者。他们之所以这样是因为他们无知。"

1907 年 11 月 4 日

---

① 马可·奥勒利乌斯,罗马皇帝(161—180 在位)。

61
头脑发热

　　战争与情绪服从同样的法则。发怒不能成为人们用来为自己辩解的理由,诸如利益相悖、争夺同一目标、宿怨旧仇等来解释。合适的环境总能制止悲剧发生。狭路相逢往往是争吵、斗殴和凶杀的起因。假定有两个人是同一俱乐部的成员,他们之间一场口角似乎不可避免。如果双方各因要事需到两个相距甚远的城市生活很长时间,这一事实足以在他们之间确立和平,而百般劝说却不能奏效。任何情绪都是机会的产物,假如有两个人像房客和门房一样天天见面,那么最初的效果会变成产生别的效果的原因,不耐烦的心理和愤怒情绪一旦产生便能使人更加不耐烦,怒气更盛,所以最初的原因和最后的结果往往极不相称。

小孩啼哭或吵闹时，身上发生一种纯属生理性的现象。孩子自己觉察不到，但是父母和教师应该加以注意。他的哭闹使他感到难受，于是他变本加厉地哭闹。他越是威胁，越是扯大嗓门，就越发难受。他的怒火从自身得到滋养。因此我们应该用相应的办法对付他，或者给他按摩，或者改变他的感觉。母亲有最好的办法应付这种情况，她抱着孩子走动，对他温存抚爱，或者摇动摇篮。按摩可以治疗痉挛，当小孩或随便哪个人发怒时，他们的肌肉同样挛缩，可以用体操，或者如古人所说的用音乐来治疗。但是人在怒气冲天的时候最好的道理对他也完全不具说服力，甚至往往起有害的作用，因为这些道理反而为他的想象力提示所有足以激起愤怒的事情。

以上是帮助我们理解为什么我们总有理由担心战争爆发，同时又总可以避免战争。我们总需要担心，因为如果大家头脑发热，一些细小的原因也能引起战争。战争又总是可以避免的，不管原因有多么重大，只要大家保持头脑冷静。我们应该留意这些如此简单的法则。人们经常灰心丧气地对自己说："我无权无势，怎么能保证欧洲安享和平呢？每时每刻都产生新的冲突因素，每天都带来新的问题！这里解决了问题，那里又发生了危机！局势好像一团乱麻，这里刚理出一个头，那里又拧成一个新的结。必定要发生的事情还是听其自然吧。"也对！但是成千个事例表明,战争并非必然的。一切事情既可以安排好,也可以搞坏。我见过布列塔尼海岸为防御英国入侵而修建的工事,尽管有人做出不祥的预言,但是那条线上并没有打仗。真正的危险是人们头脑发热。在这个问题上,每个人都是自己的绝对主人,也有一分权力决定是否让暴风雨来临。全体公民应该学会行使这一聚在一起就无比巨大的权力。你们首先应该如智者所说的那样,使自己幸福,因为幸福不是和平的结果,幸福是和平本身。

1913 年 5 月 3 日

62
爱比克泰德

"你排除了虚妄的见解,也就排除了病痛。"爱比克泰德如是说。这个劝告,对于那些一心向往红绶带①,想到自己无望佩戴勋章就睡不着觉的人大有好处。按照实际情况看待绶带,即把它看成一小块染上茜红色的绸子,他就不会对它想得太多。爱比克泰德举过许多直截了当的例子,这位与人为善的朋友揪住我们的肩膀对我们说:"你很不高兴,因为你没有在竞技场看台上占据这个你羡慕已久的位子,而你以为这个位子本应该是留给你的。来吧,竞技场现在空着,你过来摸一下这块奇妙的石头,你甚至可以坐上去。"同一个办法可以用来对付各种恐惧心

---

① 勋章的标志。

理和所有带强制性的感情。应该走过去,看清楚到底是怎么一回事。

同一位爱比克泰德对乘船航海的旅客说:"你害怕这场风暴,好像要你把整个大海都吞下去似的。老兄,其实只要两品脱①的水就能把你淹死。"汹涌的波涛肯定不代表实际上的危险。人们说着并且想着:"海水翻腾,海底发出召唤。波涛怒吼,人命危急。"其实满不是这么一回事。这不过是海水在地心吸力、潮汐和风力作用下晃动,这片喧嚣和这番运动不会致你死命。也不存在什么宿命的力量,人们可以海上遇难而不死,也可以淹死在静止的水潭里。真正的问题在于:你的脑袋是否露出水面?我听人说起一些很好的水手,当他们驶近某一素有不祥之称的礁石时,便捂住眼睛躺在船上。他们以前听到的话断送了他们的性命。他们的尸体被冲到同一片海滩上,像为虚妄见解提供物证。如果一个人想的只是礁石、水流、漩涡,就是说一些彼此有联系、完全可以解释的力量,他就不会感到恐怖,还有可能安然无恙通过这一水域。操纵船舶时,人在同一时间内只见到某一危险。身手敏捷的决斗者毫无惧意,因为他很清楚地看到自己在做什么,对手在做什么。但是如果他听凭命运摆布,在对方的

---

① 法国旧时的容积单位。1 品脱 =0.93 公升。

利剑刺死他以前,命运阴沉的目光已经把他刺穿了。这种恐惧比灾祸本身更有害。

某人患肾结石,需要开刀,他想象自己的腹部被打开,血流如注。但是外科医生不这么看问题。外科医生知道他不会割断任何一个不必要割断的细胞,他要做的不过是在细胞群中间辟出一条通道。他可能会让浸润细胞的液体流失一些,但是这损失不会大于手上一个包扎不善的伤口造成的血液流失。他知道这些细胞的真正敌人是什么,细胞正是为了抵挡这个敌人才形成这个手术刀需要使劲切开的紧密组织。他知道这个敌人——病菌——就在这里,由于结石堵塞了体内自然分泌物的通路,细菌才得以繁殖。他知道自己的手术刀带来的是生命,不是死亡。他知道,敌人一旦赶走,所有这一切立即又会活过来,像一个干净利落的伤口会马上自动愈合一样。如果病人抱有这些想法,如果他排除了虚妄的见解,他虽不能因此治愈结石病,但是他至少治愈了恐惧症。

1910 年 12 月 10 日

63

斯多噶哲学

人们可能没有很好理解有名的斯多噶派哲人,好像他们教给我们的仅是怎样抵抗暴君,勇敢地承受酷刑。我个人看到他们发达的智慧还有别的用途,即便为了应付暴风雨也用得上。众所周知,他们的思想方法在于把自身和令人难受的感觉分开,把后者看作一个客体,对它说:"你是件东西,你不是我自己。"相反,那些不解身居陋室、心雄帝王的生活艺术的人却让暴风雨进入他们体内,他们爱说:"我感到风暴正在逼近,我既烦躁不安又灰心丧气。苍天啊,发作你的雷霆之威吧!"这样生活和动物没有区别,只不过比动物多了点思想。因为,从外表上观察,动物完全听凭正在来临的风暴的摆布,就像植物在强光照射下低头,太阳过去又挺直身躯一样。不过动物不太明白自己的处境,就像我们在半睡半醒时不知道自己是快乐还是忧愁一样。这种昏昏沉沉的状态对人也是有益的,会使他在经受巨大的痛苦时也得到休息,条件是这个不幸的人必须完全放松。他的四肢应该得到很好的依托,肌肉全部松弛。有一种技巧能使肌肉在休息状态下收拢,这好比做一套内心按摩动作。这与痉挛恰恰相反,而肌肉痉挛是发怒、失眠、焦虑的原因。我喜欢对那些睡不着觉的人说:"学一下死猫的样子。"

现在,如果你不能下降到这种为伊壁鸠鲁学派推崇的动物状况,你就得完全醒过来,在某种意义上跳跃到斯多噶哲学的高度,因为这两种哲学都是好的,介乎两者之间的却一钱不值。如果你不能使自己与雷雨同化,那么就应该抵制雷雨,把自己与它截然分开,并对自己说:"这是雨和雷电,这不是我。"当然,如果你遇到的不是一场雷雨,而是冤枉、失意或嫉妒,对付起来就比较困难。人沾上了这类感情便如遇上甩不掉的恶兽。但是你应该考虑这样说:"这件失意事使我心里不痛快不足为奇,这跟刮风下雨一样自然,就会过去的。"感情激烈的人听不进这个劝告,他们好像承担了义务,存心使自己痛苦。我把他们比作那个吵闹不休的孩子,他看到自己像驴子一样不可理喻,不禁自己生自己的气,于是闹得更凶。他本可以摆脱这种局面,对自己说:"出什么事了?不过是个小孩在哭闹。"不过他就是做到这一点也不能说他学会怎样生活了,何况只有极少的人通晓生活的艺术。但是我以为幸福的秘诀之一,是对自己的脾气不予理睬。脾气受到蔑视,便回到其动物状况,像狗关进狗窝。我认为实用道德学最重要的一章应以此为内容——把自己与自己的错误、遗憾,与所有谬误的思想分开,对自己说:"这场怒火总会过去的。"小孩子吵闹如没有人听见,他便会停止,同样地,我们的火气马上就会过去。乔治·桑[1]很有头脑。她在《康素爱萝》里很好地表现了这种高傲的灵魂。这部作品很出色,可惜读的人太少。

1913 年 8 月 31 日

---

[1] 乔治·桑(1804—1876),法国女作家。

64
认识你自己

昨天我在报上读到一条人们习见的广告:"成功的秘密,影响别人的情绪使之对君有利的诀窍,有试必灵。人人身上都有一种生命流,唯有 X 教授知道如何应用。收十法郎学费,包教包会。由此可说,事业失败皆因未花十法郎钱……"报上刊出这条广告不会不起作用,可以相信这位传授成功秘诀,出售磁性感应力的教授必定能找到主顾。

我思索这件事情时,忽然想到这位教授恐怕自己不知道自己有多么高明。除去胡诌什么生命流,他还做了些什么?如果他能给人们一点信心,这已是不小的成绩。这点信心足以使他的主顾们战胜他们平时看得过于严重的那些小困难。胆怯是巨大的障碍,往往还是唯一的障碍。

但是我看得更远。我看到,尽管他自己不一定很清楚地意识到这一点,他教会主顾们怎样集中注意力,怎样思索,怎样井井有条地处理事情。各种所谓的释放磁力的功法,无不要求发功者用力想象某人或某事。我假定这位教授训练他的主顾,使他们逐渐学会把注意力集中到一点上。他就凭这件事赚钱也当之无愧。这是因为,首先人们通过这个办法转移思想,不再老是想着自己,想着过去、失败、疲劳和胃病,于是他们摆脱了这一压在他们精神上、与日俱增的重负。多少人把一辈子的时间白白用在怨天尤人上啊!其次通过这个办法,人们得以认真思考他们要求得到的东西,当前的形势和需要与之打交道的人。他们可以清晰地区分各种情况,不再像做梦一样仅有模糊的印象。如果他们做到这一点后便能在事业上取得成功,这没有什么奇怪。此外他们还可能碰上有利的偶然因素,这也被算成教授的功劳。至于不利的偶然因素,谁也不会提起。我们每个人普遍认为自己有不少敌人,其实不然。人们没有那么大的常性,通常是我们自己在培养别人对我们的敌意时比维持别人的友情更用心。你以为这个人跟你作对,而他本人可能已经忘了嫌隙,但你却耿耿于怀。你对他板着脸,这等于提醒他重结旧怨。所以一个人的敌人主要是他自己。由于他的错误判断、无谓的恐惧和他对自己说的泄气话,他成了自己最大的敌人。只是对一个人说,

"你的命运取决于你自己",仅这个劝告就值十法郎,何况还奉送什么生命流呢。

大家知道,苏格拉底①时代在德尔斐的阿波罗神庙有一名女预言者出售有关各种事情的劝告。不过阿波罗神比我们那位生命流商人更诚实,他把他的秘密写在神庙的门楣上。若有人有意询问命运,想知道自己将得到外力的帮助还是受到阻挠时,他在进门以前可以读到这一意味深长,对大家都适用的神谕:"认识你自己。"

1913 年 8 月 31 日

---

① 苏格拉底(公元前 470—前 399),古希腊大哲学家。

65
乐观主义

寄宿学校几个天真的女学生在田野里偷摘果蔬时迷了路。看到有一个人向她们走近,她们深感不安,便说:"祈求上帝,但愿来人不是乡村警察。"我曾不止一次思考这个实例,这件几乎是典型的傻事,后来才能从人性的角度加以理解。确实在女学生们这个愿望里混淆了许多事情,不过这一混淆更多的是语言上的,而不是思想上的。我们每个人都是先学会讲话,后学会思想,所以大家都有思想混淆不清的情况。

每当有个相当聪明的人斥责"这种一厢情愿的乐观主义、这种盲目的希望和对自己的欺骗"时,我就会想起这件逸事。那位聪明人指斥的是阿兰,因为这位天真的、没有心机的哲学家无视明显的证据,坚信人们通常是诚实、谦虚、讲道理、重感情的;因为他认为和平和正义携手向我们走来,尚武精神将消灭战争,选民将选举最称职的候选人;等等。这些用来安慰自己的善良愿望于事无补,这好比一个打算出门散步的人在家门口说:"这一大片乌云已经败坏了我散步的兴致,不过我宁愿相信不会下雨。"其实不如把那片乌云看得更浓更黑,带上一把雨伞出门。那位聪明人就是这样嘲笑我的,而我对他的想法也感到好笑。因为他的推理表面上很漂亮,实际上不过是单薄的布景,而我用手可以感触到我的乡下房子的墙壁有多么厚实。

有自己形成的未来,也有人们创造的未来。真实的未来由这两种因素组成。关于自己形成的未来,如雷雨和日、月食,我们的希望不能影响它的进程,我们应该掌握有关的知识并注意观察。就像擦拭望远镜的镜片一样,我们应该擦掉情绪给我们眼睛蒙上的水汽。我们不能改变天象,天象教会我们顺从和几何学精神,这两者构成智慧的一大部分内容。但人用勤奋的双手改变了地上多少事情!假如科学知识使人消极无为,人就不会完成使用火、种植小麦、造船、驯服狗和马等事业。

特别在人际关系上,信心是事实的组成部分。我做计划时如果不把自己的信心考虑在内,这个计划就没有订好。如果我相信自己要跌跤,我真的会跌跤;如果我相信自己无能为力,我果真无能为力;如果我相信我的希望纯属虚妄,那么希望确实会骗我。请注意,天气好坏都由我自己制造;我首先在我自己身上制造或好或坏的天气,也在我周围,在世人中间制造天气。因为无论是从希望转为绝望还是从绝望转为希望,都比天气变化还快。如果我信任这个人,他便是诚实的;如果我事先就怀疑他,他就会偷我的东西。人们对我们的态度取决于我们对他们的态度。特别请你想到下面这一点:希望立足于人们愿意做因而才去做的事情,我们用意志的力量便能维持希望;绝望则在客观力量作用下,不由我们自主便在我们头脑里安顿下来,并且变得越来越强大。通过上述看法,我们就能挽救宗教里面值得挽救但已被宗教丢失的东西:我指的是美好的希望。

1913 年 1 月 28 日

66

解开结扣

　　某人昨天用寥寥几个字为我下了断语:"不可救药的乐观主义。"他不理解乐观主义的真正含义,他的意思是我生性乐观,因此自以为幸福,但是人们总不能把起到好作用的幻想当作真相吧。他这么认为,是把客观存在的东西和人们要求它存在的东西混为一谈了。如果人们仅看到事物的本相而不去出力改变它,那么人们有理由悲观。因为人间的事情只要无人照管,便立即向最坏的方向发展。例如有人不加控制地发脾气,他马上变得凶恶、不幸。这是由我们身体的构造决定的:只要我们不再监视、不再管理自己的身体,它马上便运转不灵。

　　请观察一组正在游戏的儿童。如果没有明确的游戏规则,他们很快变得十分粗暴。他们服从生理法则,从兴奋立即转为恼怒。请做一个试验，要求一个幼儿做拍击双掌的游戏。由于这个动作本身引起一种暴烈的情绪，幼儿会拼命拍手。另一个试验：启发一个男孩说话，并夸奖他几句。一旦他克服了羞涩心理，就什么荒诞不经的话都说得出来。这一教训会使你本人脸红，因为它对大家都适用，对大家都是辛辣的。任何人讲话一起劲，忘了控制自己，很快就会说出许多蠢话，事后又后悔不迭，只恨自己生性难改。根据这个例子，你可以期待一群头脑发热的人不但什么傻话都说得出来，而且什么坏事都做得出来。你这样想是不错的。

　　但是一个了解恶的原因的人将学会既不诅咒自己，也不失去希望。人们在任何领域进行任何试验时，出手笨拙乃是通例。不管是画画、击剑、骑马或是交谈，未经体操训练的身体立即失去控制，瞄不准目标，自然达不到目的。这一现象令人惊讶，而且似乎证明悲观主义者是对的。但是我们应该从原因上理解这一现象，而这里需要注意的主要事实，是所有肌肉之间的联系。由于这种相互联系，一块肌肉的运动带动所有其他肌肉一起运动，而不是需要与之配合的肌肉首先跟着动起来。笨拙的人做最小的动作时也全身使劲。我们每个人在未经训练时都是笨拙的，连钉个钉子也不顺当。但是人通过练习能够掌握的技能没有限制，各种艺术和手艺足以为证。一幅漂亮的素描或许最能证明人的灵巧。这只笨重、没有耐心、怒气冲冲、负担着全身重量的手,竟能画出这条轻盈、有节制、好像经过净化的线条,使它同时追摹被画的对象又经得起评判。那个吵闹不已,喊肿了嗓子的人,待会儿竟会唱歌。我们每个人从父母那里得到这一堆颤动的、缠成一团的肌肉,应该解开结扣,而这项工作殊非易事,大家知道我们首先需要战胜的敌人是怒气和灰心失望。应该有信心,抱希望,做出微笑,还得工作。由于人的天性使然,如果人们不把一种不可战胜的乐观主义作为第一行动准则,那么最悲观的想法立即会得到证实。

1921 年 12 月 27 日

67
耐心

我将要上火车时,总听到有些人说:"你几点才到达目的地?这趟旅行时间太长,太闷气了!"事情坏在说这番话的人真是这么想的。在这种场合,用得着我们的斯多噶派哲人来说:"取消判断,你同时也取消了事情坏的方面。"

换一个角度看问题,我们毋宁把坐火车旅行看作一大乐趣。假如有人打开一幅全景图,图上画出天空和大地的颜色,以及地上万物以地平线深处某一点为圆心旋转,大家都愿意一睹这幅画为快。如果发明这种图画的人同时使观众感到列车的震动以及旅途的各种响声,这场面就更吸引人了。

只要你踏上火车,上面说的那些妙事,都会免费奉送给你。确实是免费,因为你花钱买票是为了把你送到目的地,不是为了观看山谷、河流、峰峦。生活里充满这类不花钱就能得到的乐趣,可惜人们不知享用。必须到处竖立用各种文字写的大牌子,提醒人们:"张开眼睛,享受美景。"

你回答说:"我是旅客,不是观众。一件要事要求我尽早到达某一地点。我老想着这件事,计算过了多少时间,车轮转了多少转。我讨厌一站一站地停车,讨厌那些慢吞吞推着行李车的车站职员。"

"我人未到站,心已推着行李出站了。我总嫌列车开得太慢,时间过得太慢。你说我这样想不理智,我说这是自然的,不可避免的,如果你多少还有点血性。"

当然,有血性不是什么坏事,但是最终在地球上取得胜利的不是动辄发怒的动物,而是有理智的、把激情用在合适时机的人。举例说,最厉害的击剑手不会使劲用脚跺地板,不看准方向就出击,他会保持冷静,一旦对方有了破绽才像燕子一样乘虚而入。出于同样的道理,如果你想学习如何行动,你不必去推动你乘坐的车厢前进,没有你出力它照样在走。你也不必去推动时间前进,时间庄严地、不慌不忙地把宇宙万物一起从一个瞬间带向另一个瞬间。然而你周围的事物却在期待你的目光,你只消看它们一眼,它们就会吸引住你,把你带走。我们应该学会对自己友好。

1910 年 12 月 11 日

68
善意

"对别人感到满意实在太难了!"拉布吕耶尔这句严厉的话早该使我们小心谨慎了。因为常情常理要求我们每个人适应合群生活的实际情况,不应该指责普通人。只有厌世者才不满一切。所以我不必寻根究底,只要注意不把自己当作出钱购票,因而有权要求别人取悦于他的观众,便不会过多要求别人。相反,我倒是应该回想自己走过的艰难的人生历程,事先把一切都往坏处想。我假定对方常闹胃病或头痛,要不就是手头拮据或者家庭不睦。我设想对方好比三月的天气,乍暖还寒,时阴时晴。我带着皮大衣和雨伞出门,有备无患。

这样想自然不错,但是还可以更进一步。请你想到人体是个不稳定的结构,最轻微的接触也会使它颤抖,它老是倾斜着,动辄发怒,根据自身状态、疲劳程度和外力作用做出动作、说出言语。我自以为有权得到别人的尊重、不变的感情和悦耳的言语,要求这样一个人应该像奉上一束鲜花一样带给我这一切。我对别人那么在乎,但对自己却毫不注意。我无意中做出一个机械的动作,皱一下眉头,从而发出我自己也不明白其含义的信息。我的脸上时阴时晴。结果我让对方看到的正是我纳闷在他身上看到的东西:一个人,就是说一个有精神的动物。人们不是把这个动物看得太好,就是看得太坏。这个动物只要做出一个表情,就不能不接着做出十个,或者不如说他用整个身体做表情,无从选择某一特定部位。我应该像淘金者一样在这一堆混合物中披沙拣金;应该由我去寻找,因为没有人对自己说的话也像听别人说话那样留心每一个字。如果我这样做,我不仅符合礼貌,而且给予对方巨大的信任。我撇掉渣滓,等待他披露真正的思想。除此之外,这样做还能起到人们意想不到的效果。这个腼腆的人本来全副武装、满怀戒心向我走来,我表示的善意使他立刻解除武装和戒心。总之,相遇的双方都有脾气,像两朵乌云劈面走来,总得有一方先向对方微笑。如果不是你首先微笑,那么你就是傻瓜。

一个人再坏,总有人想到他的好处和说他的好话;一个人再好,也总有人想到他的坏处和说他的坏话。人的天性是不怕使别人不愉快,因为胆小的人也有生气的时候,而怒气产生勇气。意识到自己正在惹别人讨厌,只会把事情弄得更糟。不过你既然明白这个道理,就不应该再这么做了。我请你做一次试验,这个试验的结果必定使你感到惊奇:直接控制别人的情绪比控制自己的情绪更为容易;审慎地驾驭交谈者情绪的人同时也医治了自己的情绪。这是因为,交谈和跳舞一样,每一方都是对方的镜子。

1922 年 4 月 8 日

69
辱骂

假如有一台唱机突然把你臭骂一顿,你只会哈哈大笑。假如有一个脾气很坏,但是几乎说不出话的人为了出气而放一张录着各种咒骂语言的唱片,谁也不会以为某一恶毒的咒骂是冲着自己来的。但是,假如有一个人当面破口大骂,大家都会认为这是故意的,至少认为那个人当时真是那么想的。人在感情激动时自有一种口才,何况不假思索脱口而出的话对听者来说往往具有某种意义,这就导致我们判断错误。

笛卡儿在他最出色但是很少有人读过的《情绪论》这部著作里解释说,人体这架机器由于它的形态和它养成的习惯,很容易表演它其实并未真正产生的思想。这不仅使别人,也使他自己信以为真。这是因为,当我们生气的时候,我们首先想象成千上百件迎合我们身体内的怒火的事情，而在生动活跃的想象力作用下，这些事情便为我们提供发怒的理由。其次，我们在气头上说的话往往充满感情，像一个优秀演员的演技一样打动我们自己。如果这个时候别人出于模仿也激动起来，并以恶言相报，那么好戏就开场了。其实对于冲突双方来说，都是他们的思想在追随言词，而不是言词追随思想。这场戏里的角色总是首先把话说出来再去思索这些话的意思。他们的话像是神谕，需要他们去猜出其意义。

平时和谐的家庭里，双方在火头上说的话往往也会极其可笑。对这些脱口而出的话最好付之一笑。但是大部分人全然不懂这一感情自动激化现象，像《荷马史诗》里的主人公相信神谕一样，他们天真地对一切都信以为真。因此产生的仇恨只能说是想象的，并没有实际根据。我佩服人家那么坚信自己有理由怀恨。仲裁者不会听信一个怒不可遏的证人提供的证词。但是人一旦成为争执的一方，他就相信自己说的话，而且什么都信。我们最奇怪的错误之一是期待怒火把一个长期隐蔽的思想释放出来，其实我们这时候的想法一千次中未必有一次是真实的。一个人如果想说出他确实想的事情，他必须有自制能力。这个道理本来很明显，但是冲动、生气和急于反驳的心理使我们忘记这个道理。《红与黑》里那位善良的比拉尔神甫预见到这一点。他对朋友说:"我容易发脾气,很可能我们彼此不再理睬。"他的天真程度可谓达到顶点了。如果我发火只是唱机在转动,我的意思是说只是胆汁、胃液和发音器官的作用,而且我知道这一点,那么为什么我不能在这个拙劣的悲剧演员的台词念到一半时嘘他下台呢?

  咒骂不过是毫无意义的感叹,应该假定它们是我们的本能用来发泄怒气的方式,并无伤人的意思,也没有不可挽回的影响。马车夫遇到交通阻塞往往出口骂人,在这个意义上他们是不自觉的哲学家。但是有趣的是我们看到,这些空壳子弹偶尔也有一颗两颗真会伤人。人家可以用俄语骂我,我一点不懂。但是万一我懂俄语呢?实际上任何咒骂都是莫名其妙的话。懂得这一点,也就懂得咒骂里面没有任何值得理解的内容。

1913 年 11 月 7 日

70 好兴致

如果我起念写一本道德论,我必定将保持好的兴致列为做人的首要义务之一。我不知道是哪一种残忍的宗教告诫我们说忧郁是伟大和美丽的,智者应该在挖掘自己的坟墓的同时冥想死亡。我十岁时参观过大苦修会总部,见到他们每天往深里挖自己的坟墓,也见到他们的灵堂。为了开导活人,死者下葬前要在灵堂里停放一星期。我久久不能忘记这些凄惨的形象和尸臭,但是他们的证明过了头,反而达不到目的。我说不清自己是在什么时候,由于什么原因放弃天主教信仰的,因为我早已不记得了。但是从参观大苦修会总部那一天起我就想:"这不可能就是生命真正的秘密所在。"我整个身心都在反抗这些愁眉苦脸的修士。我像甩掉一种疾病一样摆脱他们的宗教。

但是我身上还是带着宗教的印记，我们大家都带着印记。我们动辄为微不足道的小事唉声叹气。当我们的处境真的给我们带来痛苦时，我们又以为应该表示自己的痛苦。关于这个问题有一些谬误的见解，与善男信女的想法如出一辙。据说只要你哭得伤心，别人就会原谅你的一切。应该去观看在死者坟前表演的悲剧，致悼词者哀毁过甚，泣不成声。古人若能看到这幅情景必定会可怜我们，他会说："怎么回事？致悼词者本应带给别人安慰，本应充当生者的向导，可是他却去演悲剧，一味谈论忧伤和死亡。"对于粗野的 Diesiré[①]，亡灵又会怎么想呢？我以为他会把这首对于悲伤和死亡的颂歌归入悲剧一类。他会说："因为只有当我自己置身局外时，我才能观看旁人怎样由于痛苦而消沉、沮丧，以便引以为戒。但是，如果我身受痛苦，我唯一的义务是坚强地做人，紧紧地拥抱生活。我应该调动我的意志力和生命力与不幸对抗，像战士面对敌人一样。谈到死者的时候我应该尽可能满怀友情和快乐，而他们这副绝望的神情，如果死者地下有知，也会为他们害臊的。"

是的，我们摒弃了神甫的诳语以后，还需要用高贵的态度

[①] 天主教徒举行葬礼时唱的拉丁文圣诗，意为"震怒之日"，指最后审判之日上帝召集死者。

面对生活,既不应该悲痛欲绝,也不应该借助悲剧腔调把自己的悲痛传染给别人。我们更需要在生活中那些小小的悲辛面前保持镇定,不对旁人讲述,不去铺陈、夸大这一切。无论对自己还是对旁人都应该满怀善意。应该帮助别人,也帮助自己好好生活,这才是真正的行善。善意是快乐,爱是快乐。

1909 年 10 月 10 日

71

好脾气疗法

在其他人讲述他们怎样用盆浴、淋浴和节制饮食等办法促进身体健康之后,另一个人开口说:"半个月以来,我一直在接受好脾气疗法,效果很好。有时候一个人会对什么都看不顺眼,对一切都横加指责,无论在自己身上还是在别人身上看不到一星半点好的、美的东西。一个人老转着这种念头时,就应该去接受好脾气治疗了。这种疗法要求你用好脾气去应付任何不称心的事情,尤其是那些如果你不在治疗期间本来会使你火冒三丈的小事。这个时候,这些小小的麻烦反而变得很有用处了,就像爬坡有利于你锻炼脚力一样。"

那人接着说:"有些招人讨厌的人喜欢聚在一起发牢骚,叹怨叫苦,通常别人躲开他们唯恐不及。相反,在接受好脾气疗法期间,人们应该去寻找他们,他们好比是体操房里的拉力器。一开始你拉最细的弹簧,然后去试比较粗的。同样地,我把朋友和熟人根据他们的脾气恶劣程度从轻到重排列,挨着个儿借助他们磨炼自己的性子,遇到他们比平时更加尖刻,更加吹毛求疵的时候,我就提醒自己:'好家伙!这下可是考验:勇敢点,顶住!'"

那人又说:"坏事情用在好脾气疗法上都成了好事情。肉烧煳了,面包搁久了,阳光太毒,尘土太大,账没有算清,钱袋空空如也……凡此种种,都是练习的机会,像拳击或击剑时一样,你应该想:'这一招实在厉害,我能挡就挡,否则就不动声色地挨打。'人们平时一有不快就会像小孩一样吵闹,而且正因为人们对此感到害臊,结果越吵越凶。不过在接受好脾气疗法时,事情就不一样了。人们把遇到不快只当洗一次淋浴。你抖一下身子,分别耸一下左右肩膀,然后伸展肌肉使之灵活,这样,你就把这些不愉快的事情像脱掉湿衣服一样甩掉了。于是生命之流就像经过疏浚的泉水一样畅流;你的胃口开了,生命经过洗涤,芬芳扑鼻。"

那人最后说:"不过我没有必要再往下说了。你们现在个个容光焕发,你们用不着去接受我的好脾气疗法了。"

1911 年 9 月 24 日

72

精神卫生

　　昨天我读到一篇关于某种类型的精神病的文章,患者因为老从同一角度看待事物,最终以为自己受到迫害,于是他的行为变得乖戾,有危险性,别人只得把他关起来。虽然这篇文章读了叫人难受(还有比见到一个疯子更令人难受的事吗?),却使我想起我听来的一个巧妙的回答。有人在一位智者跟前谈起一个被迫害妄想症患者,说此人老感到脚冷。智者说:"血液流通不畅,思想同样流通不畅。"这句话引人深思。

　　我们大家肯定都有过不少疯人的念头,比如梦中的奇想或者不伦不类的联想。这是因为我们内心的语言遇到障碍,通过一个发音错误,往往把我们引向某一荒诞的想法,不过我们不会停留在这个想法上。正常人的思想像飞行的苍蝇一样不断转换方向，我们随即把自己疯狂的想法忘得干干净净，以致我们不能回答这个十分简单的问题："你在想什么?"思想的流动往往导致某种程度的琐碎和幼稚，但是它也是精神健康的标志。让我选择的话，我宁可做一个什么都不在乎的人，也不愿意得躁狂症。

我不知道那些负有教育儿童和成人责任的人是否认真想过这个问题。照他们的说法，似乎关键在于形成坚如磐石、难以改变的想法。从小时候起，他们就让我们做可笑的记忆练习，使我们习惯这种见解，而我们牢记不忘的许多歪诗和空洞的格言将成为我们的终生的累赘，使我们每走一步都难免磕磕绊绊。这以后，他们又翻来覆去教给我们同一个科目，训练我们重复同一想法。等到我们年纪大了，一旦由于情绪不佳而产生苦涩的念头，这种习惯便会带来危害。我们会像背诵用韵文写的地理课本一样温习自己的忧愁。

相反，人们倒是应该给精神松绑。我立下的卫生法则是："同一个念头绝不要转两次。"多愁善感的人会这样回答："我没法控制自己!脑子是天生的,脑血管里的血液流量不由我做主。"这当然很明白,不过我们知道一种按摩大脑的方法:只需要换个想法就行了。经过训练，不难做到这一点。有两个办法可以使头脑清醒,百试不爽。一个办法是观看周围的景色,像洗淋浴一样接受缤纷杂陈的事物,在我们周围永远不乏值得观看的景色。另一个办法是从效果追溯原因,这样做必能驱走阴暗的念头。因为因果关系的锁链把我们推上旅途,一下子就把我们引到很远的地方去。这是用另一种方式询问神谕的意义。好比我不去探究女祭司根据什么想法预言我会变成守财奴,而是想弄明白她的嘴怎样念出"守财奴"这个词而不是别的词。于是我就去研究母音和子音,以及两者之间的自然联系,这一来就用得着全部语音学了。

某人做了一场噩梦,终日不快。我启发他去寻找做噩梦的真正原因,而这往往只是由身体小小不适引起的一些感觉。于是他做出各种假设,我也就看到他已经从这场噩梦解脱出来了。他的思想恢复流通了。

1909 年 10 月 9 日

73
母乳礼赞

我在笛卡儿的著作里读到：同属情绪，爱心对身体有益，仇恨有损健康。这个想法大家都知道，但是还不够熟悉。或者说，是人们不相信这个想法。假如笛卡儿不是与荷马或圣经一样不容嘲笑的话，人们早就嘲笑他这个想法了。不过，如果人们愿意怀着爱心去做他们现在怀着仇恨做的一切，在好与坏混杂交错的人和事中间，总是选择好人好事并且爱它们，这将是一个不小的进步，而且还是最强大的贬损坏人坏事的手段。总之，与其用嘘声回报坏音乐，倒不如为好音乐鼓掌。这样做更好，更公正，更有效。为什么？因为爱在生理上使人强壮，而恨在生理上使人削弱。但是那些富于情感的人偏偏不相信别人关于情绪的论断。

我也是在笛卡儿的著作里找到原因的。他说：我们最初、最早爱恋的，难道不是用好的食物滋养的乳汁，清洁的空气，温暖的襁褓，一切使婴儿发育成长的东西？我们在生命的头几年就学会这一爱的语言，吮吸乳汁时各个重要器官之间美妙的配合动作表达了这一语言。同样地，我们最早表示赞许的动作是对一碗凉热适中的汤点头认可。相反，如果那碗汤太热，婴儿的脑袋和身子都会表示抗拒。同样地，我们的胃和心脏，我们全身抗拒任何有害的食物，直到把这一食物呕吐出来为止。而呕吐，这是蔑视、谴责和反感的最强烈、最古老的表现形式。所以，笛卡儿用与荷马一样简洁的方式说明，仇恨情绪不利于消化。

　　我们可以对这个出色的思想加以引申，它的适用范围没有限制。人生的第一首赞歌是献给母乳的：婴儿用整个身心迎接、拥抱母乳，用各种方式吸取其精华。从生理上看，吮吸乳汁的热情是人类最初的热情。亲吻的最早实例不是来自乳儿吗？孩子终生不忘这一最初的虔敬心理，于是他长大了就去吻十字架。这是因为我们的示意动作莫不与人体的构造有关。同样地，表示诅咒的姿势起源于肺为了排斥恶浊的空气，胃为了吐出变酸的乳汁，整个肌体为了自卫而做的运动。你爱读书但不知择别，如果你在进餐时怀有恨意，你还能指望从这些菜肴得到什么营养？你为什么不去读？你常去的那家书店的老板连书名都没有听见过，你经常请教的心理学家也不了解这本书。知道选择什么书来读不是一件容易的事。

1924 年 1 月 21 日

74
友情

友情带来美妙的快乐。看到快乐有传染性,你就不难理解这个道理。只要我的在场能使我的朋友感到些许真正的快乐,只要看到他快乐我自己也感到快乐,所以我们给予别人的快乐都能得到报答。双方献出自己储备的快乐,同时会想到:"原来我也有幸福,却不知使用。"

我同意说快乐的源泉在每个人自身。有的人对自己、对一切都不满意,为了苦中作乐而相互逗笑,目睹这种情景实在叫人难受。不过还应该说,一个高兴的人如果孤独无伴,很快就会忘记自己是高兴的。他的全部快乐都进入休眠状态,最终他会发呆,几乎麻木不仁。内心的感情需要外部动作来体现。如果某个暴君因为我藐视权势而把我投入牢房,为了健康,我将规定自己每天独自笑上几次。如同活动腿脚一样,快乐也需要得到练习机会。

　　一捆干树枝,表面上看它们和泥土一样没有生命。如果你不去动用它们,它们确实将化为泥土。然而它们蕴藏着从阳光那里得到的热量,你若把微弱的火苗移近这捆树枝,它们会马上变成噼啪响的火堆。只要撼动牢房的门,就能喊醒囚犯。

　　所以,需要用某种启动过程来唤醒快乐。婴儿首次发笑时,他的笑容不表达任何意义。他不是因为感到自己的幸福才发笑,我倒想说他因为发笑才感到自己的幸福。笑和进食一样带给他快乐,不过首先他必须吃下食物才能感到吃的快乐。这个道理不仅对笑,对别的事情也是适用的。人们需要说话才能知道自己在想什么。只要你孤单一人,你就不可能是你自己。愚不可及的道德学家们说爱就是忘我,这种见解过于简单。一个人奉献的东西越多,就越是他自己,就越感到自己活得好。不要让你的柴薪在地窖里烂掉!

1907 年 12 月 27 日

75
犹豫不决

笛卡儿说最坏的事情是犹豫不决。他不止一次这么说,但从来不做解释。没有别的论断比这句话更有助于我们认识人的本性。所有的情绪及徒劳无功的运动都从中得到解释。人们之所以喜欢赌博,是因为赌博时人们不断行使做决定的权利。赌徒需要在成败可能相等的机会之时做出选择。这一抽象的风险不容他思考,必须当机立断,而且立即得到回答。赌徒不可能有经常折磨我们的那种后悔心理,他们不可能后悔是因为赌局的变化本来无道理可言,他们不说"要是我早知道",因为赌博的规则是人们不可能知道将要发生的情况。因此,我毫不奇怪赌博是唯一有效的排除烦恼的良方,因为人们的烦恼主要在于人们明知道考虑无济于事,偏偏还要去考虑。

不妨想一想，失恋的情人或者失意的野心家为什么失眠。这种性质的痛苦原因都在思想上，虽然同样也可以说与身体状况有关。他们骚动不安是因为他们想得很多却不做任何决定，而每一个念头都在身体内部引起反应，使他们像被扔在草地上的鱼一样辗转反侧。犹豫不决者内心斗争激烈，他刚对自己说"就这么着了，我豁出去了"，但立即又想到调和折中的方案。他同时受到两种办法的效果的吸引，结果却停在原地不动。具体行动的好处在于一旦投入行动，那个未被采纳的方案就被遗忘，更确切地说是它不复存在，因为行动改变了全部关系。光是设想行动于事无补，因为一切仍旧停留在原来的状态上。任何实际行动都带有赌博性质，因为行动者必须在一切可能性都被考虑到之前就结束他的思想活动。

　　恐惧是一种不加任何修饰的、最令人痛苦的情绪。我常想恐惧无非是人们感到自己无力做出决定，我甚至想说人们感到自己的肌肉犹豫不决。人们在高处往下看时感到的眩晕能帮助我们分析纯粹的恐惧心理，既然全部不适来自人们怀疑自己正在坠落，而且无力克服这种怀疑，所以想象力丰富的人最易产生恐惧。显然，恐惧和烦闷一样，它们最叫人痛苦的是人们断定自己无从解脱。人们把自己想成机器，因此看不起自己。这个高明的论断既说明原因又指出对策，笛卡儿思想的全部精华尽在于此。正因为行动果断是军人的品质,我才理解笛卡儿为什么一度投笔从戎。图莱纳①总是率军行动,他以这种方式治疗犹豫不决症,同时把这个毛病传给敌人。

笛卡儿的思想活动与图莱纳的军事行动遵循同一法则,他的思想大胆,总在活动,总有决断。如果几何学家也犹豫不决,他就会陷于十分可笑的境地,因为几何学上需要决断的问题无穷无尽。一条线上有多少个点?你知道当人们想着两条平行线时,人们会想到什么?但是几何学断定人们知道这些问题的答案;前提一经成立,就不容改变和后退。只要我们用心审视,就会看到任何理论都建立在一经认定是正确的就不容更改的谬误上。精神的力量在于它只是做出决断,而不是以它确认事实。有的人什么都不信,但对自己做的事总是很有把握,其秘密正在于此。

1924 年 8 月 10 日

---

① 图莱纳(1611—1675),法国历史上的名将。

76 仪注

如果说最坏的事情是犹豫不决，人们就能理解为什么仪式、职务、服装、时尚是这个世界的主宰。人们在需要临时做出决定时必定感到恼火，这倒不是因为想到也可以做别的事或说别的话，而是因为人们感到有两个行动在体内混合，这使肌肉——我们的仆人——不知所措，紧接着使心脏——我们专横的主人——同样感到不安。一个需要在仓促之际做出决断的人等于是个病人。所以自由使人变得凶恶，儿童可以证明这一点。

同样，没有一种不讲规则的游戏不以暴力行动告终。如果你以为人身上的邪恶本能像拉足的弓，但在法律的震慑下不敢发作，那你就错了。人们喜欢法律的约束，没有法律时他们莫知所从，反而不悦、恼火，于是做出各种怪事。一丝不挂的人往往疯疯癫癫。衣服已经是一种法律，任何法律都像衣服一样讨人喜欢。路易十四周围的人对他尊若神明，这表面上无法解释，其实是因为他为自己的日常起居，诸如起床、就寝、如厕，定下一整套仪注。不应该说因为他有权力所以他能把这些仪注强加给朝臣，而应该说他之所以有权是因为他本人就是仪注、法律。他周围的每一个人都知道自己应该站在什么位置上，做什么事情。

战争中的一切都令人厌恶。这一推论是错误的，因为人们一投入战争马上得到和平，我指的是一种和平的心境，每个人在作战时都知道他应该做什么。理智徒然提示战争造成的不幸，但是它吓不退战士，它不能掩盖某种欢乐的底色。每个人在作战时都看到具体的、不容推诿的职责，看到自己应该采取的、不容延缓的行动。他的全部思想活动都奔向这个职责、这些行动，而他的身体的动作则紧跟着思想。每个人的行动都是自己同意的，大家的行动加在一起造成一种每个人必须承受的状态，像一阵旋风不容分说把每个人都卷进去。人们奇怪掌握权势者能迫使别人为他们做那么多事情，但是正因为权势要求别人做那么多，它才得到那么多。由于同样的道理，修道院里奉行的生活规则使修女们免于犹豫不决。光是劝告修士们勤做祷告用处不大，应该规定在某时某刻做某一祷告。权势者相当聪明，知道他们只需要直截了当发布命令,不必提供任何理由,最细微的理由也会马上引起两种想法,然后产生一千种想法。思想当然是一件愉快的事情,但是思想的愉快需要以善作决定为代价。笛卡儿是既善于思想,又熟谙决策艺术的典范。我们知道他打过仗,但是他并非以战争为乐,而是把打仗作为摆脱某些纠缠过甚的思想的方法。

人们尽可以嘲弄时装,但是时装其实是一件很严肃的事情。聪明人表示他蔑视时装,但是他不忘先系好领带。军人的制服和修士的道袍对于军人和修士有着神奇的镇静作用。这种服装催人入睡,穿上这种服装就养成再甜蜜不过的懒惰习惯。人们于是只知行动,用不着思考。时装达到同一目的,所不同的是它让你保留选择的乐趣,虽说这种乐趣仅存在于想象中,颜色固然吸引人,但是必须做出选择却令人生畏。不过时装替你做出选择。昨天红色给你安全感,今天蓝色让你放心。大家见解相同,证明大家的见解都是对的。因此产生的心理宁静确实起到美化人的作用。这是因为,尽管黄色与金发不配,绿色与褐发也不相称,但是不安、欲望和遗憾造成的尴尬表情却对任何人都不合适。

1923 年 9 月 26 日

77

新年好

时值岁首,人们相互送礼,大包小包的礼物引起的忧愁多于快乐,因为谁也没有阔到不必算许多笔账就坦然跨入新的一年。不少人暗地里叹息,又该收进、送出许多毫无用处,徒然招惹尘土的东西。这一切唯一的意义是让商人发一笔财。我还记得一个小女孩说的话,她的父母有许多朋友,她在年终时收到第一个夹有吸墨水纸的写字垫板时便说:"好吧,吸墨水纸该大批光临了。"人们发狠送礼,其实未必真动感情,也可能憋着一肚子火。好事变成义务,也就不妙了。巧克力糖在填满肚子的同时滋养着厌世情绪。事情既然如此,我们还是快送,快吃,这毕竟只有一会儿工夫。

现在说正经的。我祝你们始终有好兴致,这才是我们应该送给别人和从别人那里得到的东西。这是真正的礼貌,它使大家富裕,首先使给予的人富裕。这种财富通过交换成倍地增长。你可以把好兴致撒在街头、电车上、书报摊上,它不会损失一丝一毫。不管你把它扔在什么地方,它都能生长、开花。某一个十字路口交通阻塞,赶车的骂声不停,辕马各自拼命使劲往前挤,结果是大家寸步难行。一切困扰都与此相似:如果人们愿意微笑,少安毋躁,有节制地使用力量,协调用力方向,问题就迎刃而解。相反,如果人们咬牙切齿,只顾自己使劲,事情就会闹得不可收拾。太太憋着一肚子火,女厨子满腔怨气,于是羊腿必然烧过头,于是双方大吵一场。其实,只要在合适的时机做一个微笑,满天乌云都会消散。但是谁也想不到去做一件如此简单的事情,反而大家使劲拉紧套在自己脖子上的绳子。

　　合群生活更容易使人心情不佳。你走进一家餐馆,恶狠狠地向邻座客人瞪上一眼,然后用同样的目光看菜单,瞅着侍者。祸就这样闯下了。坏脾气从一张脸跑到另一张脸上,你周围的一切都在磕磕绊绊,酒杯可能打碎,侍者今天晚上会打老婆出气。如果你理解这一机制,这种传染现象,你就应该把自己变成传播快乐的魔法师,施恩降福的天神。请你说一句好话,道一声谢,小牛肉即便太凉,也不去挑剔,追随好脾气的浪潮直到最偏僻的海滩。于是侍者会用另一种语调向厨房报菜,别人也会用另一种方式在椅子中间穿行,好脾气的浪潮会在你周围扩散,使一切,也使你自己感到轻松。这一过程将无休止地延伸下去。重要的是开头要好。一日之计在于晨,一年之计在于春。这条窄街上多么嘈杂!出了多少乱子!直闹到血溅街石,法官不得不出面干涉。其实只要一个马车夫以谨慎为念,只要他双手做一个小小的动作,这一切本来都可以避免。所以你应该做一名好的车夫,在你的座位上放松情绪,驾驭好你的马匹。

1910 年 1 月 2 日

78
祝愿

每年第一个月人们纷纷表示良好的祝愿,这不过是些信号。就算是信号吧,但是信号自有其重要性。人类在漫长的年代中曾根据信号安排自己的生活,好像整个宇宙通过风云、雷电、鸟的飞行祝愿他们狩猎成功或旅途顺利。宇宙总是在预告了一件事情之后再预告另一件事情,人们的错误在于认为天象与人脸一样能表示赞同或者不满。我们现在已不再询问宇宙是否有见解,有什么见解,但是却仍在询问我们的同类是否有见解,有什么见解。我们永远不能不关心别人的见解,因为这个见解一旦被表达,便能深刻地改变我们自身的见解。

这一现象值得注意:人们往往有力量对付一种用明确语言表达的、有理有据的见解,对于无声的见解却招架不住。前一种见解提出劝告,人们往往蔑视它;后一种见解人们无法蔑视,因为它从暗处攻击我们,我们不知道它是怎样攻击我们的,因而也不知道怎样躲开它。有些人的脸色好像表示他们责怪世上的一切。见到这副尊容,你最好敬而远之,因为人与人相互模仿,在不知不觉间,我自己脸上也会出现这种表情,我也在责怪。责怪什么?我不知道。但是我的全部心思和各项计划都染上了一层阴郁的色调。我为自己阴郁的心思和计划寻找理由。只要我去寻找理由,我总能找到,因为一切都是复杂的,到处都有风险。因为我总得行动、冒风险——即便过马路也有风险——所以,我在行动时就会缺乏信心,就是说不够灵活、自由。一个准备过马路的人如果想到自己将被压死,这对他平安穿过马路不会有帮助,相反他会陷于瘫痪。如果他需要做一件比过马路更占时间、更复杂、更没把握的事情,他从敌对的脸色得到的预感会产生更强的效应。用某种眼光看人总能收到巫术的效果。

　　回到开头的话题:新年伊始,大家互致美好祝愿。这一礼貌的节日颇为重要。我们不知道新的一年将带来什么,大家在邮差送来的硬纸片上看着未来。在这种情况下,我们绝不应该让未来的星期和月份染上悲伤的色调,所以才立下一条好规矩,要求大家在这一天只讲好话,只表示友情。一面迎风招展的旗让人看了高兴,虽然看到旗子的人不知道升旗者的心情。进一步说，一个人脸上的喜色对所有的人都有好处，陌生人脸上的喜色对我更有好处，因为我不必去探究信号表达的意义，我把它按原样接过来就行了。此外，千真万确的是一个快乐的信号有利于使发出这个信号的人感到快乐，更何况出于模仿，别人会把这个快乐的信号无穷无尽地传开。不要说儿童的快乐只属于他们自己。我们不假思索，甚至不必怀有爱心，也会去注意儿童们发出的信号。我们每个人这时候都变成保姆，模仿儿童们的行为。

　　新年这个节日将给你带来好处，不管你想不想受益。但是，如果你愿意受益，如果你彻底领悟礼貌的妙用，这个节日对你将是真正的节日。因为当你根据接收到的信号调度自己的思想时，你将下决心在未来的日子里不发出任何恶毒的信号和任何足以影响别人快乐的预兆。你若这样做，首先你自己将有力量对付各种琐碎的烦恼，它们虽说无足轻重，但是絮叨个没完也叫你讨厌；其次，由于这一希望中的幸福，你将马上感到幸福。这便是我对你的祝愿。

1926 年 12 月 20 日

79
礼貌

礼貌与跳舞一样,可以学会。不会跳舞的人以为跳舞的难点在于掌握舞步的规则,并使自己的动作与之协调,但是这仅是事情的外表,应该学会轻松自如地,不带恐惧心理跳舞。与此同理,掌握礼貌的规则仅是初步,即便你的行为举止合乎规范,你仍旧停留在礼貌的门口,还没有登堂入室。必须使你的动作准确、灵活、不僵硬、不颤抖,因为你稍有颤抖,旁人都会觉察到。如果礼貌使人不安,那还叫什么礼貌?

我经常听到一种本身就不礼貌的噪音,歌唱教师会说此人嗓子太紧,肩部不够灵活。肩部动作不雅观使一个本来是礼貌的行为变得不礼貌。过分热情,装出来的自信,力量积聚太多……这都不够礼貌,剑术教师老对学生说:"你用力过猛。"击剑是一种礼貌,学会击剑以后掌握全部的礼貌就容易得多了。一切使人感到突然、粗暴的行为都是不礼貌的。不礼貌不必见诸行动,光是暗示、威胁也就够了。可以说不礼貌总是让人感到一种威胁。女性感到威胁时便收起她们的娇媚,寻求庇护。一个男人平时由于控制不住自己的力量而颤抖,万一他激动、发怒,又该说出什么话来呢?因此不应该大声说话。若累斯①在沙龙里与人交谈时不在乎别人的看法和社交习俗,经常衣冠不整,但是他的声音特别礼貌,温柔悦耳,听不出使力的迹象。这在他身上真是奇妙,因为大家记得他无坚不摧的辩才和他代表人民发言时狮吼一般洪亮的声音。在这种场合,力量与礼貌不抵触;力量装饰礼貌,相得益彰。

一个不礼貌的人即便单独一人时也是不礼貌的,他做任何动作都过分使劲。别人可以觉察到他的情感不舒展,他腼腆,也就是说他害怕自己。

我曾听过一个腼腆的人与公众讨论语法问题,他的声音流露着强烈的仇恨。我不奇怪,由于情绪比疾病传播得更快,与他一起参加讨论的人发表最普通的见解时也会带着火气。这种火气,往往只是一种恐怖心理的反应,而人们自己的声音和人们

---

① 若累斯(1859—1914),法国政治家。

为控制自己的情绪而做的徒劳无益的努力适以增长这种恐怖心理。狂热的信仰可能首先是一种不礼貌的态度，因为人们最后必定会真实感到自己表达的想法，即使他们最初并不愿意表达这些想法。因此可以说狂热的信仰起源于腼腆，因为这些人害怕自己未能有力支持自己的信念。由于他们不能承担这一害怕心理，他们便对自己、对所有人发火，于是就让最不确定的见解带上一种令人生畏的力量。只要观察腼腆者是怎样做决断的，你就会知道痉挛是一种古怪的思想方法。懂了上面说的道理之后，你就明白为什么一个人手里拿着茶杯时就变得文明了。射击教师根据射手在咖啡杯里转动小匙的方式判断他在靶场上的表现：他不应做任何多余的动作。

1922 年 1 月 6 日

80 处世的艺术

有一种礼貌是廷臣独有的,这种礼貌不漂亮,也算不上真正的礼貌。我以为一切有意为之的事情都不是礼貌。比如说一个真正礼貌的人可以严厉地,甚至粗暴地对待一个可鄙的人或者一个恶人,这并非不礼貌。有意待人亲切不是礼貌。存心讨好也不是礼貌。只有我们不经意做出的、表达某一我们无意表达的愿望的行动才与礼貌有关。

一个人容易激动,想到什么就说什么,判断事情完全凭最初的印象,在还没有弄清自己的感受之前就毫无保留地表示惊讶、厌恶、快乐等,这个人是不礼貌的。他总需要请求别人原谅,因为他无意之中扰乱别人,违背自己的意愿使别人不得安宁。

如果我们出言不慎,无意中伤害了别人,这是很难受的事情。有礼貌的人在他闯下的祸还来得及挽回时就感到难堪,随即不露形迹地转移话题。更高一级的礼貌在于预先猜到什么话该说,什么话不该说,万一拿不准,就让对方掌握谈话的主动权。这一切都是为了避免无意中伤害别人。因为,如果对方是个危险人物,而你认为有必要在适当时机刺他一下,你完全可以这么做。你的行为于是属于严格意义的道德范畴,与礼貌无关。

不礼貌的言行必定伴随着笨拙。让对方意识到他已经老了,这是刻薄的。但是,如果你无意中由于一个姿势、一个表情或者一句考虑欠周的话使他意识到自己的年龄,你就是不礼貌的。故意踩别人的脚尖是粗野;无意中踩着别人的脚尖是不礼貌。不礼貌的行为像打水漂的石片,会出其不意地连续弹跳;有礼貌的人只瞄准他想击中的地方,因此他更能达到目的。有礼貌的人不一定是阿谀奉承者。

礼貌是一种习惯,一种娴熟的技能。不礼貌的人往往做出并非他想做的事情,就像无意间碰翻了碗碟和摆设,说出他并不想说的话,或者因为他语调生硬、不必要地提高嗓门、选词犹豫、吐词不清,表达了并非他想表达的意义。所以礼貌与击剑一样是可以学会的。自命不凡的人存心标新立异,他自己也不太明白他说的话要表达什么意思。腼腆的人毫无自命不凡之意,但是正因为他看到语言和行为的重要性,他才不知该怎么说话、行事才好。所以你看到他全身紧张,肌肉痉挛,以便阻止自己说话和行动。他的这番努力迅速产生效果:颤抖、出汗、脸红,变得比平时更加笨拙。相反,谈吐和举止优雅在于表情和动作恰到好处,不使别人感到不安,不伤害别人。具备这些品质对于我们得到幸福是很重要的。生活的艺术不应忽略这些品质。

1911 年 3 月 21 日

81
让人高兴

我说过应该教授一种"生活的艺术"。我将把"让人高兴"作为生活艺术的法则。我之所以产生这个想法，是受到一个熟人的启发——他本来脾气很大，后来改变了性格。这样一条法则乍看令人惊奇。力求让别人高兴，这不就成了说谎、阿谀奉承？需要说明，我指的是每当既不需要说谎又不必低三下四就有可能这样做的时候，你应该让人感到高兴。其实我们几乎每一次都有可能这样做。当我们脸红脖子粗，用尖刻的语调冲别人说出一件令他不快的事实时，我们无非在发泄自己的火气。这是一场短暂的病，我们当时既不知医治，事后为了辩解，把它说成勇敢行为也属徒劳。这是因为，如果我们发火的时候不冒什么风险，尤其是在我们并非经过考虑之后才这样做，那就谈不上勇敢。由此我引出这一条道德准则:"只在经过慎重考虑之后才对别人无礼,而且只对比你强大的人无礼。"当然就是你说的都是实话也不必提高嗓门,而且最好选择那些值得赞扬的事实来说。

　　一切事情里几乎总有值得赞扬之处。我们始终不了解别人真正的动机,但是与其假定他怯懦,不如认为他有节制,与其假定他出于谨慎对你表示好感,不如认为他对你怀有友情:这样做并不需要我们花费什么代价。尤其对于年轻人,在假定他们的行为动机时应该一切都往好的方面想,为他们描绘一幅美丽的肖像。他们看到自己的形象被画得很漂亮,就相信自己是漂亮的,以后他们真的会使自己的行动符合这一形象。相反,批评无助于他们改善自身。比如对方是一位诗人,那么请你记住并且引用他的佳句;如果他是一名政治家,请你为了所有他没有做的坏事而赞扬他。

　　写到这里,我想起幼儿园里发生的一件事情。一个顽童一直调皮捣蛋,乱涂乱抹,某天却做了三分之一页的字母笔画练习。女教师在座位之间巡视,给孩子打分数。她走过小淘气身边时根本没有注意到他费了这么大的劲写的笔画,小家伙就骂了一句粗话,因为这所幼儿园并非设在圣日耳曼城关区[①]。女教师

---

① 巴黎的有钱人居住区。

听到骂声就走回来，什么也不说就给他打了一个分数，那分数是打给他的笔画练习的，不是因为他的语言文雅。

这种情况不好对付。不过在许多情况下人们总可以毫不犹豫地微笑，做到彬彬有礼、殷勤体贴。如果人群中有人撞了你一下，你应该用笑来回答他，因为笑能化解冲撞。由于这一笑，你可能免于发一通怒火，而发怒等于生一场小病。

我是这样理解礼貌的：礼貌是治疗不良情绪的体操；有礼貌，就是用全部语言和姿态表示"我们不要发火，不要糟蹋生命中这一瞬间"。这是否福音书上讲的那种善心呢？不是的。我不要求做到这种程度，何况表示善心有时候并不合时宜，会使对方感到屈辱。真正的礼貌应是一种有传染性的快乐，它能缓和一切摩擦。这种礼貌几乎无处传授。在所谓的崇尚礼貌的社交圈子里，我常见弯腰曲背，但从未见过一个有礼貌的人。

1911年3月8日

82
作为医生的柏拉图

体操和音乐是作为医生的柏拉图常开的药方。体操意味着有节制地活动肌肉,从内部按照它们自身的形态伸展、按摩肌肉。疼痛的肌肉好像塞满尘土的海绵;人们像清洗海绵一样清洗肌肉,先浸水使之膨胀,然后反复挤压。生理学家们爱说心脏是一块有空腔的肌肉,既然密布在肌肉上的血管在心脏扩张和收缩作用下交替地扩张和收缩,我们同样可以说每一条肌肉都是某种海绵状的心脏,所不同的是我们可以用意志的力量调节其活动,而这正是肌肉的可贵之处。所谓腼腆者就是指那些没有学会用体操控制自己的肌肉活动的人。他们感到体内一部分血液在做不规则流动,趋向柔软的部位,于是他们一会儿无缘无故地脸红,一会儿脑部过分充血而产生短促的谵妄现象,一会儿又是内脏似乎被淹没,造成众所周知的那种不适感。对付所有这些,最有效的办法莫过于有规律地锻炼肌肉。这时候就用得着音乐了。舞蹈教师教人跳舞时就离不开音乐!小提琴伴奏能起到调节脏器内血液流通的作用,所以跳舞不仅能像大家知道的那样医治腼腆,还能通过有节制地、平稳地伸展肌肉减轻心脏的负担。

某人患头痛症。前几天他跟我说,他吃饭时咬嚼食物,头痛顿时减轻。于是我对他说:"你应该像美国人那样嘴里老嚼一块橡皮糖。"我不知道他试过没有。肉体的痛苦马上使我们产生一些形而上学的观念:我们想象有一个怪物潜入了我们体内痛苦所在的部位,从而想借助某种巫术把它驱走。我们不相信肌肉有规律的活动能解除痛苦,制服这头啃咬我们的妖魔。但是,一般说并不存在啃咬我们的妖魔,也没有任何与之类似的东西,这不过是些不高明的隐喻。

你试着用一条腿长时间站立,就会发现这一不大的改变将造成强烈的痛苦,而你把站立姿势改回去,痛苦会随即消失。几乎所有场合都要求我们发明一种舞蹈。大家知道自由自在地伸懒腰、打呵欠是一种幸福,但是人们从未想到试验用体操达到同样目的。失眠者本应装出困极欲睡的神态,体会全身处于放松状态的幸福,但他表现的却是不耐烦、焦虑、气恼。这些情绪,正是骄傲的根源,而骄傲总会招致过分的惩罚。所以我在这里权充希波克拉底①的门徒,想把真正的谦虚说成是卫生的姐妹,体操和音乐的女儿。

1922 年 2 月 4 日

---

① 希波克拉底(约公元前 460—前 377),古希腊医生,被誉为医学之父。

83
健身术

一般说，宁静的心境不会从外部得到奖赏，但它肯定有利于健康。一个幸福的人不在乎被世人遗忘，即便他死后四十年光荣才来寻找他。但是幸福是战胜疾病最有效的武器，而疾病比嫉妒更缠人，产生的后果更为严重。郁郁寡欢的人定会反驳说，幸福是健康的结果，不是原因。这是一种简单化的说法。一个人因为精力充沛固然爱做体操，然而坚持做体操也会增强人的体力。总之，不妨说内心深处的某一种状态有利于我们投入战斗，排除对身体有害的物质，相反，另有一种内心状态则使人窒息、中毒。当然人们不能像伸直手指一样伸展、按摩自己的内脏，但是快乐是内心状态良好的明显标志，所以一切引起快乐的想法必定有利于健康。

我若说生病也会使人感到高兴，你一定会说这是荒谬的，不可能的。且听我细说。人们常说，如果排除子弹对生命的威胁，打仗对健康则大有好处。我对此有亲身体会，因为我像养兔林中的兔子一样在战壕中过了整整三年，清晨有露水时出来溜达三圈，听到风吹草动立即缩回洞里去。整整三年，除了乏和困我没有别的感觉。其实我患有本世纪常见的胃病，从二十岁那一年起又得了只动脑子不动手的人常患的一种致命的疾病。人们说我那时身体健康得力于乡村的新鲜空气和活动，但是我以为另有原因。有一位步兵下士常对我说："我们岂止害怕，我们简直吓破了胆。"有一天他喜形于色地到我的隐蔽所来找我。他说："这一回我可病了。我发烧，是军医跟我说的！他让我明天再去一次。我的两腿发软，头晕目眩，可能是伤寒。这下该住院了！我在泥水里泡了两年半，交上这个运气也是应该的。"但是我看到喜悦已把他的病治好一多半。第二天他去见军医时，根本查不出发烧。上级反而把他调到一个条件更恶劣的阵地上去。

　　得病本身不是一桩错事，既不违背军纪，也无损于荣誉。试问哪一个士兵不曾期待自己身上出现生病的征兆？一旦出现征兆，即使是致命的疾病，他也会欣喜若狂。战地的日子如此难熬，人们最终会想病死也比活着舒服。一个人有了这种想法，便百病难侵。喜悦使身体内部处于良好状态，这比接受最高明的医生的治疗更有效。我们平时正因为害怕生病，才容易得病。如果正如人们说的那样，从前有些隐士等待死期，把死亡看作上帝的恩宠，我不奇怪他们能活到一百岁才死去。对一切都置之淡漠的老人往往长寿，这无疑是因为他们不再害怕死亡。理解这个现象大有好处，正如明白骑马人越是害怕，他的动作就越僵硬，因而越容易坠马的道理一样。对事物采取某种毫不在意的态度实际上是一种既有力又狡猾的对策。

1921 年 9 月 28 日

84
胜利

一个人一旦去寻找幸福,他必定找不到幸福。这里面并没有什么奥妙。幸福不是橱窗里供你选择的商品,你付了钱就可以带来。只要你没有看花眼,一件在橱窗里是蓝色或红色的商品,你带回家去仍是蓝色或红色的。幸福却不同,只有抓在手里的幸福才是实在的。如果你在世界上,在自身周围之外寻找幸福,任何东西看起来都不像幸福。总之,关于幸福,人们不能推理,也无法预测,唯一算数的是眼前的幸福。当未来似乎为你展示幸福时,请你好好想一想,那是因为你现在已经得到幸福了。希望本身就使人感到幸福。

我明白为什么诗人往往不善于解释事物,因为他们费了那么大的劲去调谐音节和押韵,剩下的精力有限,只能说一些老生常谈的话。他们说幸福在远方,在未来光芒四射,当你得到它时,它却变得一无可取,所以幸福与天际彩虹一样可望而不可即,与手心里的泉水一样留不住。不过这说法失之粗疏。除了用语言,我们不可能追逐幸福。特别让那些在自身周围寻找幸福的人闷闷不乐的,是他们根本做不到对会带来幸福的事物产生渴望。玩桥牌对我来说无乐趣可言,因为我不打牌。我既不练拳,又不击剑,这两者对我也没有吸引力。你必须首先克服某些困难,才能喜欢上音乐。读书亦然,读巴尔扎克的书需要有点勇气,一开头人们会感到厌烦的。懒惰的读者的动作看起来很有趣:他漫不经心地翻动书页,随便读上几行,然后抛开书本。读书带来的幸福无法预料,甚至有经验的读者也会惊讶不已。显示在远景中的科学不招人爱,只有投入科学怀抱的人才能爱上科学。但是开头需要强迫自己,而且自始至终都需要克服困难。有规律的工作——不断取得的胜利,这应是幸福的公式。当人们集体行动,如打牌、奏乐或作战时,幸福尤其强烈。

不过也有一个人独自品尝的幸福,这类幸福被打上同样的印记:行动、工作、胜利。例如守财奴或收藏家的幸福便属于这一类,何况两者本来就很相像。那么为什么悭吝被认为是一种恶习,专门聚敛古金币者尤为人所不齿,而把珐琅和象牙制品、绘画和珍本书陈列在玻璃柜里的人却备受赞赏呢?人们嘲笑守财奴,因为他不肯用黄金去换取别的享乐,殊不知有些藏书家因为不愿弄脏自己收藏的珍品,从来不去展读。事实上,这类幸福和所有别的幸福一样,是不可能从远处品尝的。集邮家喜爱邮票,而我不集邮,便不知他的乐趣所在。同样的道理,拳击家喜爱拳击,猎人喜爱打猎,政治家喜爱政治。人们在自由的行动中感到幸福,也由于遵守自己制订的规则而感到幸福。总之,人们在踢足球和研究科学时一样,由于接受纪律的约束而感到幸福。这些约束在局外人眼里不仅不令人喜悦,甚至令人不快。幸福是对于那些并未有意寻找幸福的人的奖赏。

1911 年 3 月 18 日

85

诗人

歌德和席勒①之间的友谊见于他们的通信,已传为佳话。这两位诗人相互提供一个人唯一可以从另一个人那儿得到的帮助,即希望对方确认他的本色,要求他按本色行事。做到以别人实际上的样子去接受别人,这算不了什么,因为我们早晚必须这么做。真正的爱心在于要求别人保持他们的本来面目。歌德和席勒这两个人就按照自己的本性向不同方向探索,但是他们至少在一点上所见略同:存在差别是好事。一朵玫瑰花和一匹马之间不能进行比较,但是一朵普通的玫瑰花和一朵美丽的玫瑰花,一匹普通的马和一匹良种马之间存在着价值差别。人们

---

① 席勒(1759—1805),德国诗人。

说人各有所好，毋庸争论优劣，但是对于玫瑰花的好坏和马的优劣还是可以争论的，因为人们可以在这上头达到一致的看法。谁也不会去辩论音乐与绘画孰高孰低，但是讨论原作与仿作之间的差别却是有益的，因为人们在原画中看到本性以自身为依据自由发展的记号，而在摹本中看到奴役的痕迹和由外来思想促成的发展。我们这两位诗人在写作时必定感觉到这些差别，令人钦佩的是，他们虽然相互切磋，经常讨论什么是完美和理想，却从来没有丢失各自的天才。每个人都向对方提出劝告，无非是说"换了我就会这么做"，但是同时每个人都知道他给对方的劝告起不到任何作用。对方总是把劝告奉还劝告者本人，决心闯出自己的路子。

我以为诗人和任何艺术家一样，当他们妙手偶得成功之作时，便知道自己能够做什么，不能做什么。正如亚里士多德说的那样，这是因为幸运是艺术家的力量的标记。同样，这条法则对所有人都适用，世上最难相处的是对什么都感到厌烦的人。凶恶的人不是因为凶恶才不满一切，而是因为厌烦一切才变得凶恶。他们无时无地不感厌烦，足见他们丝毫没有发挥自己的秉赋，只是盲目地、机械地行动。再说，世上大概只有躁狂型的疯子才同时体现极大的不幸和纯粹的凶恶。然而在我们称之为恶人的那些人身上，同样也在我们每个人身上，我在发现被捆绑的奴隶的狂怒的同时看到某种迷惘和带有机械性的表现。相反,福至心灵时做成的事情必定是善的。艺术品可以证明我这个说法。我们看到画家有一笔特别出色,便说这是幸运的一笔。但是任何善的行动本身都是美的,并且使做这个行动的人面容变得俊美。普天下的人看到一张漂亮面孔都不担心他会有什么不利举动。由此我推论,品格完美的人彼此不相排斥,有缺陷或恶习的人相互争斗;恐惧便是明显的例子。暴君或懦夫的办法是给对手戴上锁链,我以为这种做法本质上是疯狂的,它产生一切疯狂。应该解除束缚,解放对手,不必害怕。人在取得自由时也就放下了武器。

1923 年 9 月 12 日

86
幸福是美德

有一种幸福与我们的关系并不比一件大衣更密切。继承遗产或彩票中奖便是如此；光荣亦复如此，因为它取决于机遇。然而，相反，取决于我们自身的力量的幸福却是与我们血肉相连的；我们染上这种幸福的颜色，其色牢度赛过羊毛染上紫色。古代那位贤人幸免灭顶之灾，爬到岸上时已经一丝不挂，却说道："我的全部财产都带在身上。"瓦格纳就是这样带着他的音乐，米开朗琪罗则带着所有他能够画出来的高妙的图案。拳击手拥有他的拳头、双腿与他的劳动的全部果实，不同于别人拥有王冠或金钱。不过拥有金钱也有多种方式，如同俗话所说，会挣钱的人在他丢失一切的时候，仍因他本人的存在而是富有的。

古代的贤哲寻找幸福，但不是邻人的幸福，而是他们自己的幸福。当今的贤哲一致开导我们说,自身的幸福不是一件应该寻求的高尚的东西,此话说来倒是不难;有的大力宣扬有德之士应蔑视幸福,有的教诲说,公众的幸福是个人幸福的源泉,而这无疑是一切见解中最没有意义的,因为向周围的人灌输幸福犹如往穿孔的皮袋里注水,没有比这更无益的事情了。我观察过那些百无聊赖的人,人们毫无办法让他们快乐;相反,对于那些不乞求任何东西的人,对于他们,我们却能给予一些东西,如把音乐给予已成为音乐家的人。总之,在沙漠里播种是毫无用处的。我经常想这个问题,以为自己理解了那个有名的播种者寓言:播种者认为那些什么也没有的人也没有能力接受任何东西。因此,由于自身而强大、幸福的人将因为别人而更加强大和幸福。是的,幸福的人之间的来往和交换是两利之举;不过他们至少需要自身上有幸福,才能给予别人。有决断的人应该认清这一点,这能使他避免某种毫无用处的爱人之道。

因此我认为,个人的、切身的幸福与美德丝毫不相悖,倒不如说它本身就是美德,而这也是"美德"这个美丽的词语向我们提示的;它本来就有"力量"的含义[①]。因为最完整意义上的幸福者最不难做到如抛弃一件衣服那样抛弃另一种幸福。可是他不

[①] 法语"美德"vertu 源自拉丁语 virtus,后者有一个词义是"力量"。

会抛弃他真正的财富,他也做不到;甚至冲锋的士兵或者摔下来的飞行员也做不到抛弃自己的幸福;他们切身的幸福如同他们的生命一样与他们结为一体;他们使用自己的幸福如同使用一件武器那样去战斗;因此才有这个说法:倒下的英雄仍不乏幸福。不过在这里有必要引用斯宾诺莎的话:他们并非因为为国捐躯才是幸福的,而是相反,因为他们是幸福的,他们才为国捐躯。愿我们这样编织十一月的花环[①]。

1922 年 11 月 5 日

[①] 11 月 11 日为第一次世界大战停战纪念日。每年这个时间,法国人要为阵亡将士献花。

87

幸福是慷慨的

为了做一个幸福的人,首先必须愿意得到幸福,并且为此出力才行。如果你安坐在观众席上,只是为幸福敞开大门,最终进来的将是忧愁。悲观主义起源于人的情绪,若不加控制,必定转向忧郁、愠怒。无所事事的儿童过不了多久就会不高兴或发怒。游戏对于儿童的巨大吸引力与水果对饥渴者的吸引力不是一回事,我以为这是因为儿童看到别人玩得高兴,便产生了使自己和别人一样通过游戏得到幸福的意志。而且这个意志有所凭借,因为需要做的只是运动、抽打陀螺、奔跑、叫喊。人们可以愿望得到这些东西,因为他们马上投入行动。同样的决心亦见于社交的乐趣中。人们在社交中得到乐趣本是出于规定,但是因为这种乐趣也要求人们讲究穿着和举止,这就使规定得到支持。

乡村景色之所以特别打动城里人,其原因就在于城里人只要愿意,便能下乡。某一愿望如可以见诸行动,便容易产生。我以为凡是我们做不到的事情,我们就不会强烈地渴望得到它们;无助的希望总会导致忧郁。所以说,如果人们只是期待幸福,好像这是他理应得到的东西,那么他必定活得无精打采。

大家知道有种人在家庭里俨然是个暴君。人们过于简单地认为,这种人因为自私,才要求周围的人像服从法律一样顺从他们的脾气。实际并非如此,自私者心情不佳,是因为他只是消极地等待幸福。生活里少不了不如意的事情,但是就是不碰到这类事情,自私者也感到厌烦。所以自私者强加给爱他或者怕他的人的,是厌烦和不幸的法则。相反,好兴致是慷慨的,有好兴致的人给予别人的比从别人那里得到的更多。我们当然应该想到别人的幸福,但是需要强调,我们能为我们所爱的人做的最好的事情是使我们自己幸福。

礼貌教会我们做到这一点。礼貌是一种表面上的幸福,接受礼貌的人必定会有礼貌的反应,于是首先表示礼貌者会有一种幸福感。这是一条定律,可惜常被遗忘。总之,人们一表示礼貌,立即就会得到报偿,虽说他们自己不知道报偿所在。年轻人最有效的取悦法门,是他们在年长者面前完整无损地保留他们的青春魅力——幸福的光芒。他们这样做,就好像神在降恩赐宠。而"恩宠"这个词含义丰富,也指一种无缘无故的、像泉水一样从内心流出来的幸福。当人们韶华已逝时,就需要有意识地保持好的兴致。但是,不管你遇上什么样的暴君,你在他的餐桌上胃口大开,或者没有丝毫厌倦的神色,必定能取悦于他。所以常有这样的事:一个郁郁寡欢的暴君似乎连别人的快乐也看不顺眼,但是别人压倒一切的快乐最后还是征服了他,使他也快乐起来。作者在写作时感到快乐,因此也使读者心里喜欢。作者每有佳句,人们就说他找到了幸运的表达方式。一切装饰都是快乐的表现,我们的同类要求于我们的,从来只是那些使我们自己感到愉快的东西,所以礼貌有个漂亮的别称:处世良方。

1923 年 4 月 10 日

88
幸福的艺术

我们应该向孩子们传授幸福的艺术。这种艺术不会使人在遭遇不幸时感到自己是幸福的,那是斯多噶派的专长。我指的是这样一种艺术,当环境过得去,人生的全部苦涩仅限于一些小小的麻烦和不舒适时,它能让你感到自己是幸福的。

这种艺术的第一条法则是从来不对别人诉说自己过去和现在遭受的不幸,我们应该把对别人描述自己的头痛、恶心、腹痛当作失礼的行为,即便我们措辞审慎仍是不礼貌的。我们遭受的不公正待遇和失望同样不应对旁人絮叨。应该对儿童和少年,也对成人说明他们似乎太容易忘记的一项道理:对别人诉说自己的愁苦只能使听者难受,也就是说最终使他们不快,即便他们启发你倾吐苦水,即便他们似乎乐意给你安慰。因为忧愁好比一种毒药,人们可以嗜毒,但是不可能因此增进健康。最后取得主导地位的,总是一个人最根本的感情。人人都想活,而不是死;人人都在寻找活着的人,我指的是那些自称兴高采烈,并且果真喜形于色的人。如果大家都为火堆添薪,而不是对着灰烬哭泣,人与人相处该是多么愉快啊!

请注意,这一法则曾是上流社会奉行的法则。当然因为不能随便说话,人们在社交界感到烦闷,资产阶级后来把必要的坦率作风带给交际性谈话,这是件好事。但是这不能成为我们大家聚在一起诉苦的理由,因为这样做将使大家更加烦闷。所以有必要把交际圈子扩大到家庭外面。在家庭范围内,由于彼此依赖、信任过深,人们往往会抱怨一些微不足道的小事,而人们如果略存取悦对方之心,本来不会想起这些小事的。在权势显赫者周围为达到某一个人的目的而施展手腕之所以是一种乐趣,想必因为人们此时无暇顾及自身经历的种种小小的不幸,而这些不幸铺叙起来足够叫人厌烦。人们爱说这种人钩心斗角,但是他们的心血像音乐家和画家的心血一样,会转化成快乐。耍弄权术的人首先得到的好处,是他们已从各种琐碎的事情中解脱出来,他们既没有机会,也没有时间讲述这些琐碎的事情。下列原理是成立的:如果你不提你的烦恼——我指的是那些小小的烦恼——你就不会老是想到这些烦恼。

在这一幸福的艺术里,我还要加进一些有关怎样利用坏天气的劝告。我写这几行字的时候窗外正在下雨。雨点敲响房顶上的瓦片,化成上千条涓涓的细流;空气得到洗涤,好像滤干净了;乌云堆积,气势不凡。应该学会欣赏这些美景。但是有人说:"这场雨对收成不利。"另一个人说:"满地泥水,把什么都弄脏了。"第三个人说:"现在没法舒舒服服坐在草地上了。"话说得都对,只不过这些怨言于事无补,倒是我受到雨水一样泼下来的怨言的袭击,回到屋里还不得安宁。殊不知,正是在下雨天气,人们特别愿意看到快乐的表情。请你用笑脸迎接坏天气。

1910 年 9 月 8 日

89
幸福是义务

　　做一个不幸的或不高兴的人并不难,你只要像等待别人逗他开心的王子那样坐下来就行了。你用那种目光期待幸福,掂量幸福,好像幸福是一种可以称出重量的食品。这种态度使一切都染上沉闷的色彩。这样做自有一种气派,因为必须具有某种力量才能蔑视所有的奉献。但是我在这种态度里也看到对于别人的幸福的一种不耐烦情绪和一种愠怒,像儿童建造花园一样,灵巧的工匠用很少的材料就能制造幸福。对这种人我敬而远之,经验告诉我,人们不可能使对自己感到厌烦的人开心。

　　相反,幸福看起来是美的,这是世上最美的景色。有什么比儿童更美的?儿童玩起游戏来专心致志,他不期待别人为他游戏。当然儿童赌气的时候让我们看到另一副面孔,那时他拒绝一切快乐。幸亏儿童忘得快,过一会儿就没事了。但是有些大人却保留着孩子脾气,没完没了地赌气。我知道他们有充足的赌气的理由,因为做一个幸福的人是很难的。这需要我们对许多事件、许多人进行斗争,我们可能战败,而且某些困难无疑不能克服,某些不幸超过斯多噶派学徒的忍受能力。但是我们未在斗争耗尽全部力量之前决不应该承认自己战败,这可能是我们最根本的义务所在。我尤其认为,如果一个人不要求幸福,他绝不可能得到幸福。应该要求幸福,并且创造幸福。

使自己幸福是我们对于别人的义务。人们常说只有幸福的人才为人所爱,但是人们忘了说幸福的人得到这个奖赏是公平的,这是他们理应得到的。因为我们大家呼吸的空气中弥漫着不幸、烦恼和绝望,所以我们感谢那些通过他们有力的榜样化解了瘴疠之气,在某种意义上净化了公共生活的人,我们应该为他们戴上竞技优胜者的桂冠。对情人来说,没有一种誓言比发誓做幸福的人更能表达深情。有什么东西比我们所爱的人烦闷、忧郁和不幸更难克服的吗?任何男子、任何女子都应该经常想到这一点:幸福——我指的是人们为自己争取到的幸福——是最美、最慷慨的奉献。

我甚至想建议褒奖那些下定决心使自己幸福的人。因为根据我的看法,这遍地的尸体,这一片又一片的焦土,巨额的军费开支,一再发动的预防性进攻,所有这一切都是那些从来不懂得使自己幸福的人的业绩。他们不仅自己不解幸福,也不能容忍别人努力使自己幸福。我小时候属于重量级选手那个类型,别人很难把我打败,但是我的动作迟缓,也不好激动。所以常有某个因忧郁和无聊变得消瘦的轻量级选手拿我开心,揪我的头发、掐我、嘲笑我,直到我狠狠揍他一拳,他的把戏才收场。现在,当我看到有几个侏儒在预言战争并准备战争时,我决不去审查他们的理由,因为我对这类恶人相当了解,知道他们不能容忍别人安安静静待着。所以,照我的看法,安静的法国人和安静的德国人都是些健壮的孩子,但是有那么一小撮顽童老跟他们捣乱,最终激起他们的怒火。

1923 年 3 月 16 日

90
起誓做幸福的人

悲观是性情的趋向,乐观是意志的作用。任何人若听凭自己的情绪摆布,必定变得闷闷不乐。这还不算,过不久他就会生气、发火。我们看到,儿童的游戏如果没有规则约束,总以一场混战告终。原因没有别的,只因为失去约束的力量会转过来与自己作对。事实上根本不存在什么好性情,严格讲,性情总是坏的,任何幸福都是意志控制性情的结果。疯人把各种类型的性情放大了给我们看;一个自以为受到迫害的人叙述自己的不幸时绘声绘色,总能打动听众。乐观主义者的雄辩起到使听众安静的作用。这种口才与怒气冲冲的唠叨相反,它缓和、有节奏。乐观主义者说话的语调尤其奏效,跟听歌一样,曲调比歌词更重要。我们在坏脾气里总能听到一种犬吠声,首先需要改变的正是这种令人不快的声音。这种声音在我们自己身上肯定已是一件坏事,它还能在我们身外造成各种坏事。所以礼貌是政治上的好法则,礼貌和政治这两个词有亲缘关系①,懂礼貌的人也懂政治。

失眠现象也能帮助我们明白这个道理。大家都有过失眠的经验,有时甚至因此觉得人生难以忍受。这个问题要仔细分析。控制自己的情绪是人生的一个内容,进一步说,因为我们控制自己的情绪,生存才有条理,才得到保证。一个正在锯木头的人不会长时间堕入冥想。一群猎犬在寻找猎物时,它们之间不会争斗。所以治疗思想痛苦的最有效的办法是去锯木头。不过人在清醒状态下的思想本身也有镇静作用,因为这时候人的思想在做选择,有所取舍。现在再看失眠是怎么一回事。失眠时,人们一心想入睡,命令自己不要动弹,不做任何选择。由于失去控制,身体的动作和脑子里的想法立即自作主张,各行其是,也就是说猎犬彼此争斗了。这时候,任何动作都带痉挛性,任何想法都带刺。于是人们会怀疑自己最好的朋友,对一切信号都从坏的方面去理解,觉得自己愚蠢、可笑。这些都是假象,但是很强大,而且这个时候你又不能爬起来去锯木头。

---

① "礼貌"(poli)和"政治"(politique)词根相同。

上面这番论述表明，乐观主义要求你发誓。不管这种说法看起来有多么古怪，我们还是应该起誓做幸福的人。必须让主人的皮鞭制止群犬的吠叫。最后，出于审慎，应该把任何忧郁的想法都看成欺骗性的。必须这样做，因为一旦我们无所事事，我们自然便会制造不幸。厌烦证明这一点。但是，最能说明我们的种种想法本身并不刺人，而是我们自身的骚动使我们恼火，那是幸福的发困状态。那时候体内一切都放松了；那种状态不会持久；当睡意以这种方式发布预告时，它已经近在咫尺了，睡觉的艺术用在这里，可以帮助人体的本性。它主要在于想什么都不想一半。要么想到底，要么什么也不想，因为经验证明，不受管理的想法都是虚妄的，此一有力的判断把想法降到梦的层次，从而准备那种不带刺的幸福的梦。反之，解梦术把一切都说得很重要。这其实是开启不幸的钥匙。

1923 年 9 月 29 日

(京)新登字083号

图书在版编目(CIP)数据

阿兰说幸福/(法)阿兰著;施康强译. —北京:中国青年出版社,2017.10
ISBN 978-7-5153-5002-8

Ⅰ.①阿…　Ⅱ.①阿…②施…　Ⅲ.①随笔-作品集-法国-现代　Ⅳ.①I565.65

中国版本图书馆CIP数据核字(2017)第292392号

出版发行：中国青年出版社
社　　址：北京东四十二条21号
邮政编码：100708
网　　址：www.cyp.com.cn
责任编辑：李杨 candie_Li@163.com
编辑电话：(010)57350510
销售部电话：(010)57350370
印　　刷：鸿博昊天科技有限公司
经　　销：新华书店

开　　本：880×1230　1/32
印　　张：8.75
字　　数：30千字
版　　次：2018年8月北京第1版
印　　次：2018年8月北京第1次印刷
定　　价：35.00元

本图书如有印装质量问题,请凭购书发票与质检部联系调换
联系电话：(010)57350337